新潮文庫

龍ノ国幻想3

百鬼の号令

三川みり著

新潮社版

11658

目次

序章 —— 13
一章　亡《もう》者《じゃ》帰参 —— 18
二章　吾《わ》が妻　吾が夫《つま》 —— 74
三章　叛《はん》逆《ぎゃく》の宣布 —— 131
四章　節書を掲げよ —— 194

龍ノ国幻想

主な登場人物紹介

——龍が眠る央《ひさし》大地。人は中央の龍《たつ》ノ原《はら》に生きるのが理《ことわり》である。
しかし、大罪を犯した者たちは龍ノ原を追われ、八つの洲へ流された。
最北の反封洲《たんのほうしゅう》には、落ちれば二度と這い出ることがかなわぬ、
深い大地の亀裂がある——

伴《ともの》有《あり》間《ま》 二十八歳

反封洲の国主の長子。しかし、幼い頃に
「穴」の底で生き抜いた壮絶な経験をもつ。
ようやく地上へと還るも、父に疎まれるなか、
命を賭けて次期国主を目指す。

悠《はる》花《はな》 十九歳

日織の二人目の妻。美しく利発で、
頼れる存在。実は日織と共に
大きな秘密を抱えている。

日《ひ》織《おり》 二十七歳

遊子《ゆうし》である女の身を以て、龍ノ原の
皇尊《すめらみこと》に即位。国の改革を志す。
来訪した有間とは親交をもつ。

美《み》矢《や》比《び》 二十三歳

有間の従妹。美しく華やぐ存在で、
有間に好意を抱いていることを隠さない。

伴《ともの》透《とう》谷《こく》 二十八歳

有間の異母弟の一人。助け出された有間に
全てを奪われたと感じている。

伴《ともの》敬《けい》谷《こく》 二十六歳

透谷と同母の弟。粗野で腕自慢。兄の
言いつけに追従するが、浅慮な性格。

伴《ともの》壱《い》岐《き》 二十四歳

有間の異母弟の一人。身分の低い
母から生まれたため、軽んじられてきたが、
分け隔てのない有間を慕う。

央大地の図
（一原八洲）

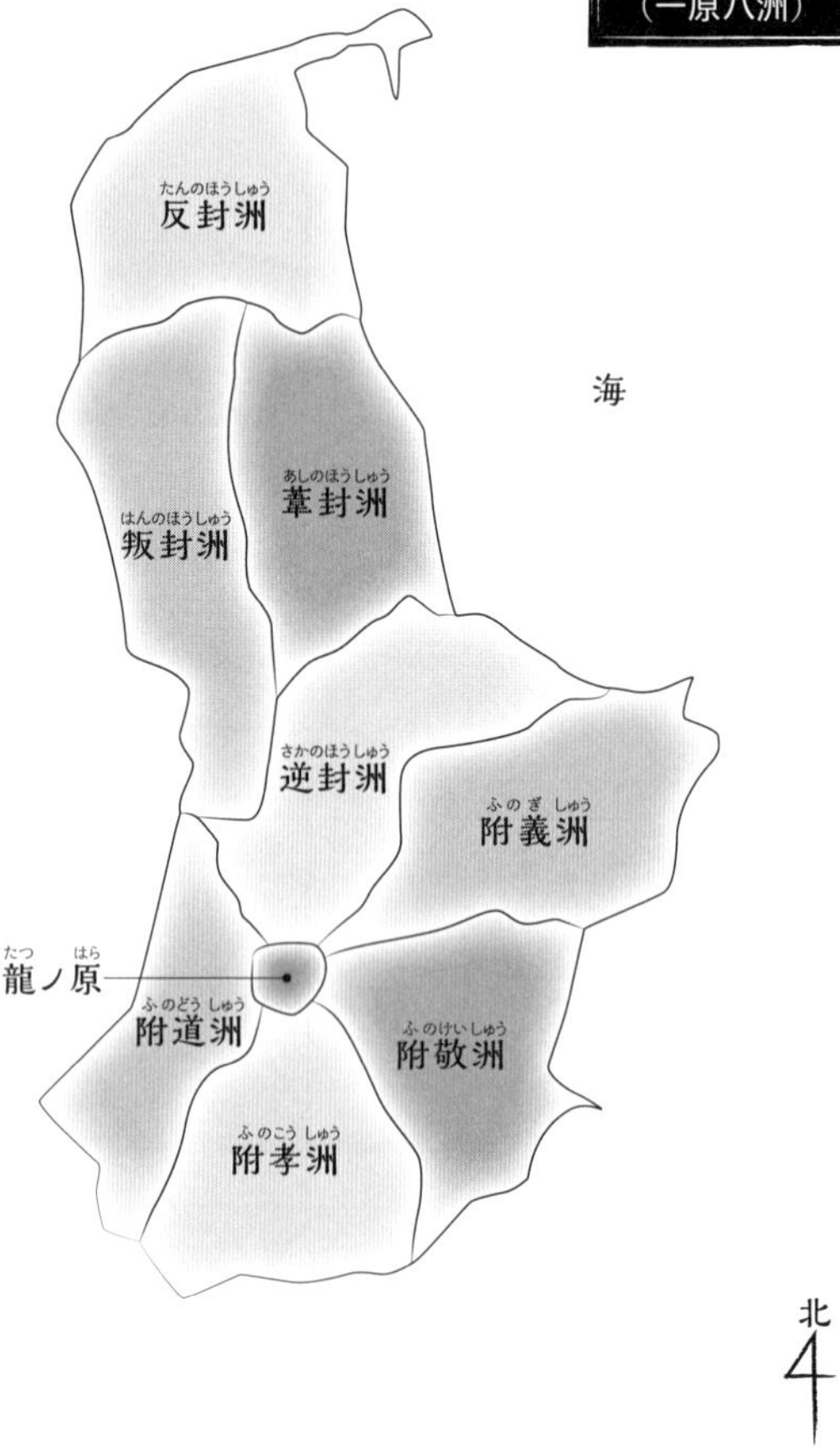

反封洲《たんのほうしゅう》
海
葦封洲《あしのほうしゅう》
叛封洲《はんのほうしゅう》
逆封洲《さかのほうしゅう》
附義洲《ふのぎしゅう》
龍《たつ》ノ原《はら》
附道洲《ふのどうしゅう》
附敬洲《ふのけいしゅう》
附孝洲《ふのこうしゅう》
北

反封洲図

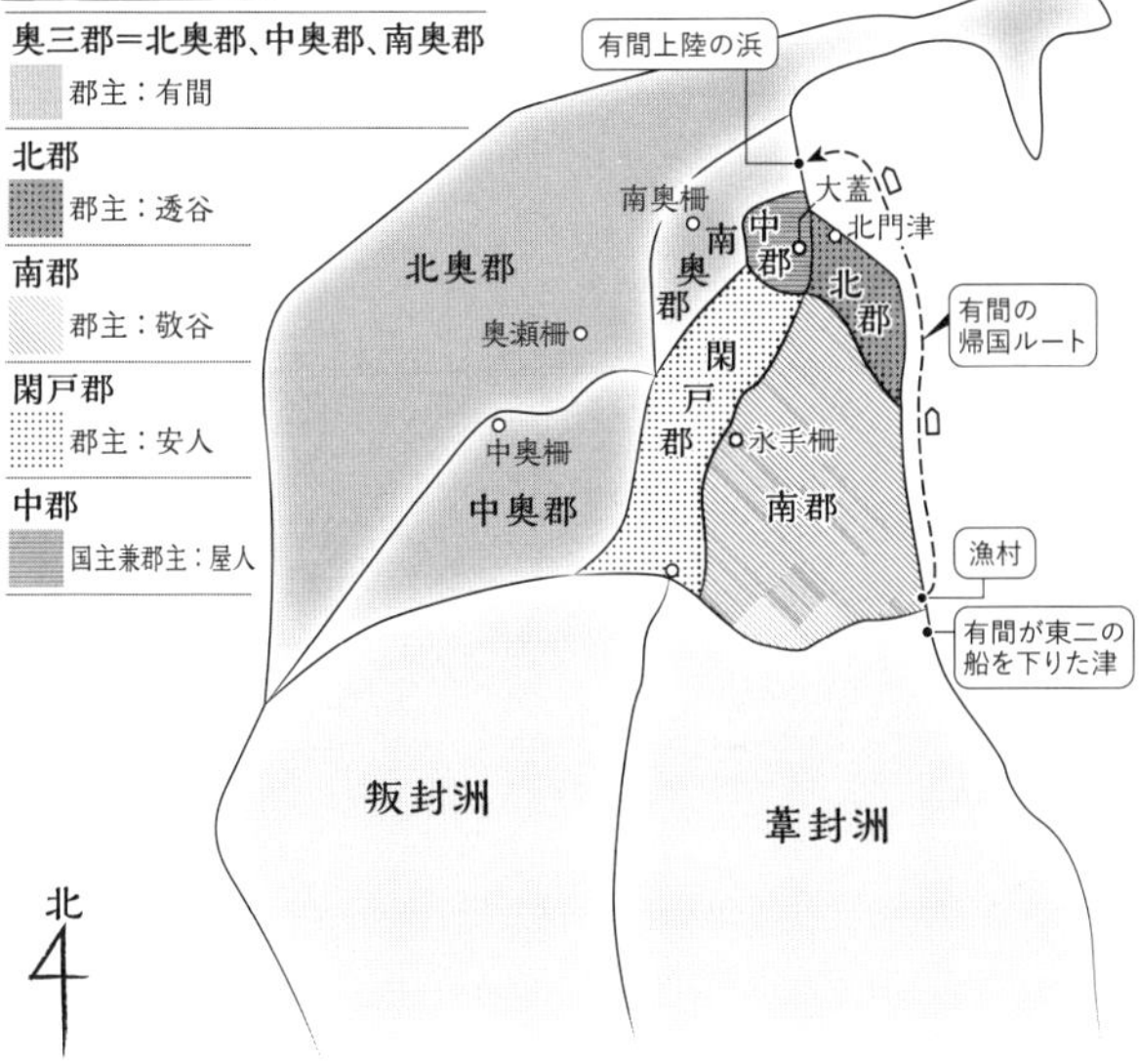

地図制作：アトリエ・プラン

央大地《ひさしだいいち》は巨龍の上にある。巨龍は地龍《ちりゅう》と呼ばれ、地大神《ちのおおかみ》として眠り続けるが、その眠りを護《まも》るのが龍《たつ》ノ原《はら》に在《いま》す皇尊《すめらみこと》であり、龍ノ原に降り立った皇祖《すめみおや》、治央尊《おさのひさしのみこと》の皇孫《すめみま》である。

さらには央大地にある人は、治央尊とともにこの地に降りた諸人《もろびと》の子孫であり、人は龍ノ原に生きるのが理《ことわり》であった。

しかし——いつの頃か。

定められた八つの大罪を犯した者が八人あり、その八人は龍ノ原を追われて八つの洲《しゅう》へ流された。その科人《とがにん》たちが国主《こくしゅ》となり、八つの国となり、八洲《はっしゅう》となった。

八洲の民は、古《いにしえ》の罪を背負う民。

最も重い罪である謀反《むへん》を犯した者が流されたのが、反封洲《たんのほうしゅう》。央大地最北の地であり、国二つ龍ノ原から隔てられた遠国《おんごく》。

その地には、落ちれば二度と這《は》い出ることがかなわぬ、深い大地の亀裂《きれつ》——穴がある。罪を知れというがごとき、深い穴だ。穴ならずとも、その地は科人を責め立てる。過酷な寒さと痩《や》せた土地、さらには数多《あまた》の獣どもと、罪を背負う民は戦わねばならぬ。

龍ノ国幻想 3

百鬼の号令《ひゃっきのごうれい》

序章

綺麗《きれい》になったな、と思った。

弱い光が差し込む場所に、ぽつんと置かれた髑髏《どくろ》の傍らに、有間《ありま》は膝《ひざ》をつく。

頭頂骨には乾いた皮膚がこびりつき毛髪が一部残っていたが、両手で強くこするとそれらは剝《は》がれた。悪臭もしない。ただ白々としている。とても綺麗だ。

吐息のように小さく「母君」と、呼んで胸に抱いた。母は生きていた時よりも、こちらの方がずっと安らかで幸せそうだった。

「良くなりましたね、とても」

つんと鼻をつく異様な体臭が、優しい声と一緒に、有間の背後から漂ってきた。ふり返ると、襤褸《ぼろ》をまとった痩《や》せた老人が、目元に深い皺《しわ》を刻んだ笑顔でそこにいる。

　眼病を患《わずら》っているらしく、老人の目は常に潤《うる》んでいたが、とても澄んだ色をしていた。

「ありがとう。教えてもらったとおりにしたら、綺麗になった」

「夏場で良かったです。蟲《むし》も活発なので早く綺麗になりますからね。夏はいいです、本当に。食べ物もたくさんあって」

　穏やかに応《こた》えると、老人は手に持っていた小枝に目をやった。そこには緑の翅《はね》の蟬《せみ》が十四ほど、串刺《くしざ》しにしてある。老人は蟬を捕るのがうまかった。蟬のみならず、他の蟲や小動物を捕るのも、他の連中とは比べものにならないほど熟達していた。

　そしてそれだけではなく、老人は知識が豊富だった。有間は彼から、様々なことを教わっている。蟲に食いつかれたらどう対処すれば良いか、とか。早く火がつく材料を手に入れるにはどこを探せば良いか、とか。腐肉にまみれた髑髏を、どうすれば早く綺麗にできるのか、とか——。

「うん。夏で良かった」

　有間は頷《うなず》くと、髑髏を抱えて立ちあがった。

「これをあげましょう」

　蟬を連ねた小枝を老人が差し出した。老人なりの慰めだったのかも知れない。実際有間は、今夜は飢えなくてすむと思えば嬉《うれ》しかった。

　髑髏を腕に抱えた方の手に、蟬の枝も握る。

突然、どこかから断末魔のような悲鳴があがった。それは深い亀裂《きれつ》の底にこだましたが、有間も老人も、その方向にふり返りすらしなかった。

いつものことだ。誰かが殺されたか、耳でももがれたか。そんなところだろう。

夏場なのでまだ、悲鳴が響くことも少ない。食い物の少ない冬場になれば、悲鳴の数は多くなる――食べるものが必要だから。

「日陰に行きましょうか、有間様」

老人の背中を追って有間は歩き出す。見あげると、覆《おお》い被《かぶ》さってくるような、絶望的な高さの崖《がけ》が左右に迫っていた。その上に細い空。

ここは穴の底だ。

反封洲《たんのほうしゅう》にある、深い深い大地の亀裂で、落とされれば二度と這《は》い上がれない。反封洲では科人をその穴の底に降ろす。

四年前に母と一緒にこの穴に降ろされ、有間は今やっと九つになった。

有間と母に、罪があったのではない。無実の罪で罰せられた。

二人を穴に降ろせと命じたのは実の父、反封洲国主《こくしゅ》・伴屋人《とものやひと》だった。有間の母の美しさに執着するあまりに猜疑心《さいぎしん》の塊になり、確たる証拠もなく母の不義を信じ込んだ結果だった。有間すらも、自分の子ではないと考えたらしい。

よどんだ游気《ゆうき》に悪臭が混じり、穴の外の者であれば、まともに息もできないだろう。

しかし不思議なことに、悪臭にも人は慣れる。麻痺《まひ》して気にならなくなる。

ここから出たいとか、どうにかして出たいとは、有間は既に考えなくなっていた。

絶望というものに慣らされると、人の心は何かが麻痺して動きを止めるようだった。悪臭に慣れて気にならなくなるのと一緒だ。絶望は常に当然あるものだと受け止め、絶望とすら感じなくなる。それが自分の日常で当たり前なのだと。

ふと老人がふり返り、有間に向かって手を差し出す。指が二本欠けたその右手を緩慢に握ると、老人は澄んだ目で微笑《ほほえ》む。髑髏を抱えた有間の手を引いて、歩く。

二人が崖沿いを歩き出して、すぐだった。唐突に、横合いから頭に衝撃がきた。石で殴られたらしいその痛みに目がくらみ、よろけ、老人の手を放してしまった。

何者かが崖に開いた穴蔵から襲いかかってきたのだと理解したが、体の均衡を崩した有間はその場に膝をついた。逃げようと思ったが、足が立たなかった。

老人が「あっ」と小さく声をあげてふり返ったが、そのまま動かなくなった。動けなかったのだろう。石を放り出した乾いた音がすると同時に、膝をついた有間の腕が摑《つか》みあげられた。

襲撃者の太い手が、蝉の枝をもぎ取ろうとする。有間は必死にそれを抱え込むが、手首が折れるほどに無茶な方向にねじあげられ力が抜けた。手から蝉の枝が離れると、ついでとばかりに、何者かの膝が顔に蹴《け》り込まれた。

顔面が弾けたように熱くなり、有間はその場に倒れた。地面に頬がつき、こめかみ辺りから生ぬるいものが伝いおり、頬から顎《あご》に滴《したた》った。金臭いそれは血だ。

目は開いていた。地面から、怯《おび》えて棒立ちになっている老人を見あげた。

このまま死ぬかなと、ぼんやりと有間は老人を見ていた。有間は、母の髑髏を意味もなく強く抱く。これは手放したくなかった。だが、自分が死ねばこんなものは石ころのようにあつかわれるのだろうと、人ごとのように思う。
恐怖も嫌悪《けんお》も憎悪もなく、また立ちあがって、老人の手を握れるだろうかと考えた。ただそれも強い希望などではなく、茫洋《ぼうよう》とした思考だった。
麻痺して動きを止めた心は、いずれ朽ちていくだけだった。九つの有間にすら、それは本能としてうっすらわかっている。

しかし、もし。

動きを止め、乾き朽ちかけた心に、穴の外の游気が触れたらどうなるのか。それは乾いて朽ちかけているからこそ、游気に触れただけで発火し、大きく強く燃え出す。

六年後。有間は十五歳のときに、穴の底から助け出された。

心が游気に触れ、そして——。

一章　亡者《もうじゃ》帰参

一

　十二歳のその少女は木槿《むくげ》の花が好きで、咲けば必ず髪に挿す。そのときも彼女は髪に、薄紅の木槿を飾っていた。

「美矢比《みやび》、美矢比。これ、白い木槿。あげるよ。いらない？　ほら、わたしが髪に飾っちゃおうかな」

　少女——美矢比から五、六歩も距離があるところから、そのとき十三歳だったはずの壱岐《いき》が、しきりに呼びかけていた。袴《はかま》からのぞく踝《くるぶし》がみすぼらしいほど痩《や》せている、日に焼けた顔におどけた表情を浮かべる少年は、なんとか彼女の視線を自分に向けさせたいようだった。

　だが美矢比はそちらを一顧だにせず、胡乱《うろん》げに、目の前に立った二人の少年を見あげている。

「ご覧よ、美矢比。珍しいだろう。逆封洲《さかのほうしゅう》の商人が、わたしに献上したものだ。貝が育《はぐ》む宝石なのだそうだ」

そう言って、掌《てのひら》の上で白く光る粒を転がして見せているのは、透谷《とうこく》。

整った顔立ちに海波模様の刺繍《ししゅう》の大衣《おおきぬ》が映える。十七歳の若年ではあったが、昨年、反封洲《たんのほうしゅう》で最も栄えている北郡《ほくぐん》の郡主《こおしゅ》に任じられてからは、それらしい風格が備わりはじめていた。彼の傍らには、幅広の太刀を佩《は》いた屈強な兵《つわもの》がついていた。透谷に剣技を指南する家人《けにん》で、なおかつ譲り役でもある。

「透谷兄君の治める北門津《ほくもんつ》はな、美矢比、すごい港だぞ」

鼻の穴を膨らませ、吾《わ》がことのように兄を自慢するのは、透谷と二つ違いの弟、敬谷《けいこく》だ。透谷よりも上背があり、肩の筋肉も野牛のように隆としていたが、目だけは兄を尊敬して従順に従う仔犬《こいぬ》のようだった。

厩《うまや》から連れ出した馬の轡《くつわ》をとり、有間《ありま》は馬場へ出ようとしていた。彼らの様子を遠く横目にとらえたが、特に感慨もなかった。

美矢比は有間の従妹媛《いとこひめ》。

透谷、敬谷、壱岐は、腹違いの有間の弟たち。

しかし有間は、たった二年前に穴から戻って来たばかりなのだ。彼らとの時間と経験の隔たりは大きく、同じ場所に住んでいながら、とてつもなく遠い場所にいる者たちのような気がしていた。

「ねぇ、美矢比。北門津においでよ、ね。珍しいものを船が運んでくるんだ。龍《たつ》ノ原《はら》産の宝玉や、皇尊《すめらみこと》に仕える宮人《くにん》の衣《きぬ》も手に入るよ。わたしの妻になれば、それらは全部、美矢比のものにしてあげる」

熱心な透谷の言葉にも、美矢比は表情を変えない。

美矢比は、若くして身罷《みまか》った国主《こくしゅ》屋人《やひと》の妹媛の忘れ形見だ。屋人が妹媛を溺愛《できあい》していたため、その娘の美矢比は屋人の庇護《ひご》のもと、実の娘のように大切に育てられていた。

透谷と敬谷、壱岐は、美矢比が従妹だと知りつつも実の妹のように一緒に育ち、さらに彼らはみな、彼女に心惹《ひ》かれている。

美矢比は、見ればはっとするほどに美しい娘なのだ。

すんとした表情の美矢比に焦《あせ》り、彼女を嬉《うれ》しがらせることができない自分に苛立《いらだ》ったのか、透谷がきっと壱岐の方へふり返り、八つ当たりのように怒鳴った。

「うるさい！　俘虜《ふりょ》の子が！　黙れ」

追従して敬谷が、足もとにあった石を拾って、犬でも追うように壱岐に投げつけた。

「俘虜の子はこちらに近寄るな！」

石が壱岐の腕にあたった。しかし彼は腕を軽くさすってへらっと笑い、手にある木槿をひらひらさせる。

「聞こえません、聞こえません。わたしには美矢比の声しか聞こえないから。ねぇ、美矢比。ご覧よ」

美矢比は視線を向けもしない。そこにいない者かのように、一切壱岐に反応しない。

「目障《めざわ》りだぞ、その方。それ以上若様方に近づくでない。己の立場を忘れておるようだな。その方は、国主の血が流れているというだけで、情けで生かされているのだ。己が、若様方と同じだと思うな」

太刀の柄《つか》に手を添え、透谷の傍らに控える兵がぎょろりと壱岐を見やった。鞘《さや》の中でちゃりっと刀が鳴ったので、壱岐は一瞬身を竦《すく》ませたが――、すぐにまたへらへらっと笑う。しかしその直後に、力が抜けたように押し黙った。

兵に脅されたからではなく、美矢比の気を引けないのに落胆したようだった。だが壱岐はすぐに有間の姿を見つけ、ぱっとわざとらしいほど明るい表情を顔に浮かべ、手を振ってきた。

「有間兄君《ありまのあにぎみ》！」

こちらに駆けてきて目を輝かせる。

「馬場ですか⁉　わたしも一緒に行きたいな」

「来るなら、馬、連れてこい」

無愛想に答えたが、壱岐はにっと笑う。

余計なことは喋《しゃべ》らず、常に周囲を睨《にら》むような目つきをしていた有間に、壱岐は最初から怖《お》じ気《け》づくことがなかった。それどころか興味ありげにつきまとい、どれほど邪険にしてもめげずに近寄ってくる。そうされていると有間も、無愛想ながら応じるようになった。壱岐がそれを嬉しがっているのは、感じていた。

元気よく「はい」と答えた壱岐の肩越しに、美矢比が透谷と敬谷の前を無言で離れ、怒ったような足取りでこちらに向かってくるのが見えた。

美矢比を呼び止めようと、透谷が一歩踏み出し口を開きかけたが、有間を見て眉《まゆ》をひそめた。こちらに近づきたくないし、自分の声を聞かせたくもないらしい。

彼が有間を嫌うのは当然だった。

透谷は、有間よりほんの数日遅れで誕生した同年。そのため彼は、有間を兄と呼ぶのさえ苦々しい様子だ。さらに有間が穴から生還するまでの十年間は長子としてあつかわれ、次期国主と考えられていたし、本人もそう思っていたのだ。

それが、有間が奇跡的に生きて戻ったことで全《すべ》てが変わった。

透谷は二の若と呼ばれるようになった。そして次期国主は有間だと、家人たちが口にするようになったのだから、透谷にすれば自分の立場を奪われた感がぬぐえないはず。有間への反感を、透谷は隠さない。そのため同母の弟である敬谷も、兄の透谷に倣《なら》う。

敬谷がおろおろと、透谷と美矢比の背中を見比べていた。

有間の正面に立った美矢比は唇を引き結んでいる。ひと文句言いたげな顔だったが、なにかをした覚えはなかったので、ただ無言で見返した。

「どうしたの、美矢比。有間兄君に用事かい？」

壱岐の問いに美矢比は答えず、挑むように有間を睨《ね》めつけて口を開く。

「聞いたわ、有間。あなた奥三郡《おくさんぐん》の郡主に任じられたって。明後日《あさって》には旅立つって」

「そうだが」

美矢比が何を言いたいのか、わからなかった。

彼女は、さらに表情をきつくして言う。

「わたしは、あなたを慕っているのよ、有間。わかっている？」

綺麗なその目にしばし見つめられた有間は、応じた。

「――それが？」

美矢比はぽかんとして、壱岐は棘《とげ》でも踏んだように顔をしかめた。

透谷は呆然《ぼうぜん》としており、敬谷はそんな兄を心配そうな目で見ていた。

あれは十一年も前のことだ。

そんな以前のことを、伴《ともの》有間は思い出していた。故郷——反封洲が近づいたせいかもしれない。

鬱陶《うっとう》しく頬に触れる髪を押さえつつ、視線を海上へ向けた。

潮からい海風を菰《こも》の帆に受け、有間の乗る平底船は北上していた。

有間は、罪を負うと神話に語られる反封洲国主の長子である。それが何の巡り合わせか龍ノ原の皇尊の即位に力を貸し、立ちあい、縁《えにし》を成した。

奇縁とはこういうものかと思いながら、皇尊が下した書札《しょさつ》を手に、一路帰国の途についていた。

船の左手には陸地が続き、右手には水平線が見える。風に押された船は舳先《へさき》で海面を切り、白波を立てて進む。舷側《げんそく》の海面には、銀色の輝きが油膜のように広がっている。船に寄り添うように広がるそれは、小魚の群れだった。鱗《うろこ》に光が乱反射しているためにそのように見えているのだ。小魚は船の影に隠れ、人を丸呑《まるの》みにするような巨魚の視線をくらませて北を目指す。

群れとなり、故郷を目指す習性がある諫《いさ》と呼ばれる魚だ。

風にあおられるのを嫌い、有間は髪をおおざっぱに括《くく》っていたが、それでも純白の毛先がうるさく乱れた。

（わたしを国から追い払った六十日あまりで、奴《やつ》らは何を準備してくれただろうか）

皮肉な笑みが口もとに浮かぶ。

約定に従い、龍ノ原へ遊子《ゆうし》の媛を受け取りに行け——父国主、伴屋人にそう命じられたのは、反封洲では朝夕まだ肌寒さが残る晩春だった。

耳を疑った。なぜ有間がそれを命じられるのだろうか、と。慣例では、国主から印認《いんにん》を預かった祭礼番《さいれいばん》が龍ノ原に向かうものだった。

龍ノ原を支配する皇尊。その一族の媛は龍《りゅう》の声を聞くが、中には聞こえぬ媛もおり、遊子と呼んで区別しているという。三十年ほど前、唐突に、皇尊から八洲《はっしゅう》国主に対し、遊子を妾《みめ》として下げ渡すとの知らせがあった。

皇尊は龍を鎮《しず》める神国《しんこく》の長《おさ》。尊き御方が下されるものを、八洲国主は拒絶しなかった。

そして、あつかいは任せるという言葉とともに遊子の媛が引き渡されれば、八洲国主は察した。龍の声が聞こえぬできそこないを体よく追い払うために、遊子の媛は吾《われ》らに下されたのだと。そして任せるという言葉に含まれる、残酷な意味も。

遊子の媛を受け取りに行くのは、八洲国主にとっては面倒で無意味な、憂鬱な雑事の一つ。しかも反封洲からでは海路を使い、天候に恵まれたとしても往復に最低十五日は必要な旅程で、他国を経由する。それなりの危険もともなう。それを次期国主と目されている有間に命じたのには隠された意図がある。

命令を聞き、ふた呼吸の後に腹をくくった。

ここで不平を言ったところでどうにもならないと知っていたので、「承知しました」と頭《こうべ》を垂れ、粛々と龍ノ原に旅立った。

父国主に疎《うと》まれているのは、重々わかっていた。いつか有間を破滅させるための手を打つと、それも覚悟していた。無意味で面倒な雑事を押しつけ国から遠ざけるのは、屋人が有間を排除する準備にかかったのだろう。

有間を国から遠ざけた屋人は――屋人のみならず、彼と同じく有間を疎む者は、不在の間に何か画策するつもりだったはず。さらに間の悪いことに、皇尊の崩御と時が重なり、有間は思いもよらない長期にわたり国を空けることになってしまった。

策を巡らすのに充分すぎる暇《いとま》を、相手に与えている。

(その者らは手ぐすね引いて待っているだろう、わたしの帰りを)

帰国の途につく知らせは、送っていない。

しかし逆封洲の津には、幾人か、有間の動向を探る間諜《かんちょう》が送り込まれているに違いない。間諜どもは、有間の乗る船が決まるやいなや、先に出港する船に飛び乗り、帰国の予定を一足先に国に知らせているはず。

有間が乗船した船は、逆封洲から葦封洲《あしのほうしゅう》の海岸沿いに、幾つもの津に寄航しながら反封洲最大の津である北門津へ向かう、商人の船だった。荷は米と塩。

有間と配下四人、さらに龍ノ原から預けられた幼い媛と世話役の老女。一行は反封洲国主の家人とだけ名乗り、乗せてくれるようにと報酬の交渉をし、七人とも無事に乗船した。それでも相手方の商人は、有間の素性に薄々感づいているだろう。

なにしろ彼の容姿は目立ちすぎる。

上背があり、鍛えられた体はひとめで兵《つわもの》とわかるだろうし、そのうえ新雪のような白髪。伴有間の白髪はよく知られている。そんな容姿の男が配下らしき数人を従えて反封洲に帰ると言えば、彼が反封洲国主伴屋人の長子であり、次期国主と目されている男だと察しがつく。

ただ、商人は不可解に思うだろう。次期国主と期待される者がなぜ、従者数人のみで、国を離れるようなまねをしているのだろうかと。

屋人は、有間を疎み恐れている。

かつて屋人は、無実の罪で有間とその母を過酷な穴に落とした。

心ある家人が屋人を説得した末に、ようやく二人を穴から助け出すこととなったが、既に十年の時が過ぎていた。屋人は、有間とその母の骨を穴の底から拾いあげて終わると高をくくっていたらしい。

しかし有間は生きていた。母は六年前に亡《な》くなって髑髏《どくろ》になっていたが、その髑髏を抱えて現れた、真っ白な髪をして痩せさらばえ、目だけがぎらぎら光る少年に、屋人は怯《おび》えた。有間はいつか自分に報復するだろうと、親しい者に言ったという。

（策を巡らしているのは、父国主は無論だが、他に考えられるのは——透谷と敬谷。おそらく三人だろう）

内心で有間を恐れ、遠ざけたがっている屋人の他に策を巡らす者がいるとすれば、それは二男の透谷と、同母兄に賛同する三男、敬谷のはずだった。

（透谷も敬谷も、父国主の覚えがめでたい。どんな策だろうが、父国主が便宜を図る）

このまま北上を続ければ、明後日には海の色が変わってくる。暖かく爽《さわ》やかな青から、夏でもなお凍えるような海流が中層に渦巻く深緑へと。それでも北東沿岸の海はまだ、ましな方なのだ。北西の海は真夏であっても、中層のみならず表層までもが肌が痺《しび》れるほどに冷たい。

あと二つの津に寄航した後、北門津に到着する。

天候さえ悪化しなければ、三日後には故郷の土を踏めるはずだったが、有間に喜びや安堵《あんど》はない。

（奴らの先を読まねばな）

今、この船上で打てる手はないか。思考を巡らしていると、甲高い声に呼ばれた。

「若！」

仔犬のようにくるんとした目の少女が得意げな顔をして、こちらに早足でやってくる。さらに、それを追う世話役の老女。「急いでは危のうございます、媛様」と声をあげているが、そう言った老女の方が段差に躓《つまず》いて、転びそうになっていた。

「若、見て。八洲の衣装を着たよ」

有間を見あげる幼い瞳《ひとみ》はほめて欲しいと訴えており、期待に輝いている。こんな目で見られれば、彼女がどんな滑稽《こっけい》な格好をしていようとも、ほめるしかない。ただ実際、よく似合っていた。

「なかなか様になっている。動きやすそうで、良いな」

にんまりと、少女——与理売《よりめ》は笑顔になった。

龍ノ原の皇尊から預けられた七つの少女は、王《おおきみ》の娘だという。それにしては媛君然としたおっとり感はなく、ちょろちょろと動き、時には突飛な行動をとる。

龍ノ原の人々、特に皇尊の一族や護領衆《ごりょうしゅう》、宮人たちの衣装は、八洲の者の目には古風に映り、ひどく目立つ。そこで昨日立ち寄った津で、与理売とその世話役の老女大路《おち》に、八洲風の衣装を買い与え、身なりを変えるように命じていた。与理売は着替えたのを嬉しがり、有間に見せに来たらしい。

媛の衣装より、今身につけている細く仕立てた筒袖《つつそで》の衣と袴の方が、与理売には似合う。髪も、頭上に結っていた小さな髻《もとどり》をほどき、馬の尻尾《しっぽ》のように頭の高い位置で一つに括っているが、これも潑剌《はつらつ》として子どもらしい。

「与理売様のこれは男子の衣装ではございませんか、有間様」

　追いついてきた大路は、布帯で褶《ひらみ》を胸高に巻いた、庶民の女の身なり。

「その方が動きやすいと思ってな」

　まあ、と声をあげ、何か言いかける大路の言葉の先を有間は制した。

「媛君としてちやほやしてはやれんと、言ったぞ」

「わたしは、この衣装の方が好き！　動きやすいもの」

　ご機嫌な与理売の視線の位置に、有間は腰を落とす。

「気に入ったか」

「うん、若」

「若、か。ずっと思っていたが、それはあまり良くないな。おまえはわたしの配下でもないし、国主の家人でもないから、わたしを若と呼ぶ必要はないぞ」

「じゃあ、どう呼べばいいの」

「有間でいい」

「有間様って？」

「様はいらんな」

「じゃあ、有間？」

「それでいい」

大路が顔をしかめた。

「そのような無礼な呼び方、なりません。せめて兄君をつけて、有間兄君と」

「面倒だな、それも。じゃあ、ただ兄君と呼べ」

嬉しげに頬を紅潮させ、与理売は口の中で大事に転がすように「兄君」と呟《つぶや》く。

「衣装をありがとう、兄君」

「気に入ったのは何よりだが、ただ身なりを変えるだけでは意味がない。心構えを変えてもらわねばならん。申し訳ないが、八洲は龍ノ原のような神国ではないからな。人々は常に争い小競《こぜ》り合いをしている——力をもってな。さらに龍ノ原にはいない危険な生き物も、多くいる。気を抜けば命を失うこともある」

「これから行く反封洲は、そんな怖いところなの？　兄君」

「気候も生き物も人々も、龍ノ原のように穏やかではないと言っておく。ただ、おまえたちはわたしが護《まも》る。おまえたちも、わたしが護れるように身を処して欲しい。いくらわたしが気を配っても、おまえたちがうかうかと過ごしていたのでは、護れないからな」

承知したというように、七歳の少女の精一杯の引き締まった顔で与理売が頷《うなず》くと、立ちあがりざま有間は、その小さな頭を軽く叩《たた》いた。

「わかったな」

「わかった」

「よし、それは助かる」

海上、北の方角へ目を向けた。潮の飛沫《しぶき》を含む風が頬を撫《な》でる。

諫の群れはなおも舷側に寄り添い、船の影から外れないように泳ぎ続けていた。小魚といえど諫は侮《あなど》れない。巨魚に群れごと一飲みされるのを恐れていても、貪欲《どんよく》な肉食魚だ。船縁《ふなべり》からうっかり群れの中に人が落ちると、一斉についばんで瞬《またた》く間に赤むけにする。助けが遅れれば命はないし、すぐに助けあげられたとしても、耳朶《みみたぶ》や目の玉一つ二つは失っている例が多かった。

龍ノ原には龍がいる。そのためなのか人を襲い喰らうような獣の話は聞かなかったが、八洲は違う。海に山に、原野に、警戒すべき獣や蟲《むし》が人と隣り合わせに住んでいる。

（必要以上に怖がらせることはない。ただ、龍ノ原と八洲は違うのだと教えてやらねばならん、この子に）

座っているだけの木偶《でく》を、護るつもりはない。

与理売には八洲の知識を与え、己で己を護るすべを身につけさせるつもりだった。まだ幼い今は有間が護りながら、いつか彼女自身が己を守れるようにする。それが有間の考える、人を護るということだった。

「おまえたちを護ると約束したからな、皇尊に」

龍を呼んだ美しい皇尊は、去り際《ぎわ》の有間に言ったのだ。国主になったあかつきには再び龍ノ原に来い、と。酒を酌《く》み交わそうと――。

（わたしは再び必ず、龍ノ原へ行く）

その時には反封洲自慢の凍酒《いてざけ》、燃えるほどの強い酒を持って行くのだ。

二

「その船、櫂《かい》をあげよ！　止まれ！」

米と塩を積んだ船が北門津の湾内に入ると、南端の岬から細い煙があがった。標的の船が湾内に入ったのを知らせる合図だった。呼応し、突堤で待っていた刳貫船《くりぬきぶね》が七艘《そう》、一斉に漕《こ》ぎ出す。舳先で水面を切り、白い航跡を引きながら速度をあげ、港に近づこうとしていた船を囲む。

湾内の高みには、空に大きく弧を描く鳶《とんび》。反封洲の弱々しい夏の日射《ひざ》しを広げた翼に浴び、その影は穏やかな海面に落ちて滑る。

一番早い刳貫船が、船の舷側につく。

「止まれ！　止まらねば、矢を射かける」

舷側につけた刳貫船を指揮する男に命じられ、船は櫂をあげて動きを止めた。

七艘の刳貫船は舷側に漕ぎ寄り、鉤《かぎ》つきの縄を船の甲板に投げ、たぐった。舷側同士を密着させると、刳貫船から次々に兵たちが船に飛び移る。

水夫《かこ》たちは何ごとかと驚き、棒立ちだ。

港から出てきたこと、また居丈高な態度から、相手方が海賊ではないとしれる。北門津を預かる北郡郡主の軍士だ。下手に逆らってはならないと、水夫たちは心得ている。

「伴有間がこの船に乗っているのは、わかっている。有間を出せ」

最後に甲板にあがってきた若く大柄な兵が、水夫たちの前に出て怒鳴った。年は二十代半ばほどの若者で、誰よりも上背があり、肩の筋肉が瘤《こぶ》のように盛りあがり、体軀《たいく》そのものに迫力があった。腰に揺れる毛皮の房飾りは白銀色の毛並みの珍しい色味で、高価なものだ。太刀の柄には紅玉がはめ込まれている。持ち物が身分の高さを示していた。

尻込《しりご》みする水夫たちの背後から、小太り短軀の男が「どうも、どうも」と、へつらうような笑みを浮かべながら進み出た。

「これは南郡郡主、敬谷様でございましょう。わたしは逆封洲で商いをしております、東二《とうに》と申します。この船はわたしの船でございますが、何かご不審の儀がありましょうか。津に入れる三年允許《いんきょ》は、頂いておりますが」

革の胸当をつけた上体をそらし、敬谷と呼ばれた男が怒鳴る。

「允許を改めにきたのではない。伴有間を捜しているのだ。この船に乗っているだろう」

「伴有間様？　反封洲国主様のご長子ではありませんか。そのような身分のある方は、お乗せしておりませんが。何しろこれは荷船ですので」

「偽りを申すな。知らせは届いているのだぞ。逆封洲の津で、この船に有間の一行七人が乗り込む手はずになっていたはずだ」

「ああっ、七人！」

東二は声をあげ、手を打つ。

「それは白髪の屈強な方を筆頭にした、あの御一行。あのお方が有間様ですか」

「そうだ、どこにいる」

「二つ前に寄りました、葦封洲の津で下船されました」

「なに!?　なぜだ！」

「なぜと問われても、わかりません。わたくしども、北門津までお乗せする約束だったものですから、二つ前の津で突然下りると言われて驚きました。しかもなんの御用がおありなのか、そこから再び逆封洲へと戻りたいと仰《おつしや》るので、南に帰る商売仲間の船をご紹介しましたが」

顔を歪《ゆが》め、敬谷は呻《うめ》く。

「なにがあったのだ。再び逆封洲へ逆戻りとは」

恐る恐る、東二が言う。

「白髪の方――有間様とおぼしき方と、連れの方々がもめているご様子でした。龍ノ原に戻るの、戻らないのと」

「龍ノ原に？」

「そう漏れ聞こえましたが」

むうと敬谷は呻き、東二から顔を背ける。

「敬谷」

ゆっくりと最後に漕ぎ寄せてきた刳貫船から、静かな声がかかった。静かだが良く通る声に、敬谷と東二が舷側をふり返った。

長身痩躯《そうく》の、目鼻立ちが整った男が二人を見あげていた。腰につけた毛皮の房飾りが、敬谷と同じく艶《つや》のある白銀色。重厚な海波の刺繍を施した絹の大衣を肩脱ぎで身につけた彼は、切れ長の鋭い目で、刳貫船から無表情に二人を見つめている。射すくめられるような、視線を逸《そ》らすのを許さない傲然《ごうぜん》とした眼差《まなざ》し。

東二が驚いた声をあげた。

「北郡郡主、伴透谷様！」

甲板に膝《ひざ》をつき、東二が頭を垂れると、他の水夫たちも慌《あわ》てて膝をつき頭を低くした。

反封洲最大の港である北門津を擁する北郡を治める、国主伴屋人の二男、透谷その人だった。

当然のことながら八洲にはそれぞれ気候や地理的な条件により、国としての特色がある。国を治める国主にしても、どのような性質を民が期待するかが自《おの》ずと決まってくる。そうすると代々、国ごとに国主の色というものが引き継がれた。

反封洲の国主は古《いにしえ》から、兵の長という性格が強い。厳しい冬を越えるために必要なものを力ずくで奪い取るような、頑健で強硬で、隣国を力で押し返し圧倒するような国主が代々民の上に立つ。当然、国主の子たちも、兵として期待される。

透谷は細身で、ともすればひ弱にすら見えた。

しかし透谷が姿勢良く、難なく立っている場所は、波で揺れ動き続けている不安定な剳貫船の上だ。そこで危なげなく体の均衡を保っていられるのは、彼も鍛えられた兵の証《あかし》だった。腰には常よりも幅の広い太刀を佩いていたが、虚勢を張っているのではない。細身の体ながら、あつかう体幹と腕力があるのだ。

「敬谷、有間は」

「葦封洲の津で下りて、龍ノ原に引き返したらしい」

秀麗な透谷の眉間《みけん》に皺《しわ》が寄る。幅広太刀の柄に肘《ひじ》を乗せ、わずかに思案顔になった。

「龍ノ原か。皇尊の崩御と即位があり、女が皇尊に立ったという話が伝わってはいるが」

「女の皇尊？　聞いたことがない」

「わたしも、よもやとは思うのだがね。もしそれが事実ならば、今までとは様々な事情が変わった可能性もある。有間のことだ、その変化につけいり利用しかねない。新たな皇尊の即位を、ぼんやり見ているような男ではないだろう」

「どうする、兄君」

　しばらく沈黙した後、透谷は答えた。

「有間が龍ノ原で何をしようが、何を考えようが、吾らがここで辛抱強く待っておれば心配はあるまい。待っていれば目的は果たされる」

　透谷は、顔を伏せた東二に視線を向ける。

「おまえは逆封洲の商人であったな。名は、東二だったか。顔をあげよ」

「なんと。名を覚えて下さっているのですか、透谷様」

目を輝かせる東二に向け、透谷は薄い笑みを唇にのせた。

「十年以上、逆封洲と反封洲で船荷を運んでいるな？　おまえならば顔も広かろう。伴有間らしき者が船を手配したと耳にしたら、すぐに、わたしのところに知らせをよこしてくれまいか。もしその知らせが役に立てば、おまえに与えている三年允許を、六年允許に替えてやろうほどに」

「六年允許！」

　東二は目を見開き、急いで頭をさげた。

「それはなんと、ありがとうございます。もしそのような話が耳に入りましたら――いえ！　商売仲間たちに声をかけ、有間様らしき方が船を手配したらすぐにわたしの耳に入るようにいたします、必ず」

「頼んだぞ」

　透谷は敬谷に向かって「引き揚げよ」と命じ、自ら乗る刳貫船を港へと向かわせた。

軽い礼で兄を見送った敬谷は、湾から外海へと視線を巡らせる。

「兄君の仰る通り、待つしかないか」

「敬谷様」

　と、東二が膝をついたまま呼びかけた。

「わたしどもは、荷を北門津にあげられるのでしょうか」

「ああ、かまわん」

　鷹揚《おうよう》に応《こた》え、引き揚げるぞと配下に号令して背を向けた敬谷に向かって、東二は深々と頭をさげた。潮に磨かれた甲板の柾目《まさめ》を映す商人の瞳には、油断ならない光があった。

□□□

頭上から、澄んだ蝉《せみ》の声が響く。

南の国では蝉の声を鬱陶しがる者もいると聞くが、それはどうやら蝉の種類が違うらしく、南の蝉はとにかくうるさいのだという。

北の地に住む蝉は清流の音のように涼しげに鳴くので、心地よい。反封洲の民は蝉の声を涼鳴《りょうめい》と呼び、風雅な声といったような意味で好む。

「これが蝉の声とは思えませんね。ねぇ、媛様」

与理売の世話役である大路は、龍ノ原を出るのは初めてだという。船酔いになったり、遭遇する蟲や生き物にいちいち怯え騒ぐが、蝉の声は気に入ったらしい。弾む声で幼い主《あるじ》に声をかけた。

真《ま》っ直《す》ぐに幹が伸びる背の高い樹林を、有間たち一行、五騎の人馬が進んでいた。

与理売は有間と、大路は有間の配下の馬に同乗させている。二人乗りの馬が二騎あるので、馬の疲れを考慮して一行の歩みはゆるやかだった。

周囲を見回せば、木々の幹しかない。馬上の視線の高さに枝葉が見当たらず、ただ幹のみが並んでいるように見えたが、短い下草が生える地面に落ちて揺れるのは、斑《まだら》の光。

痛くなるほど首をそらせば、頭上よりはるか高い位置に枝葉が茂っているのが見えた。それが日の光を遮っている。

下枝がほとんどないのは、この樹林が真冬になれば人の背丈をはるかに超す雪に覆《おお》われるためだった。冬を耐えるために下枝をほとんどつけず、ただひたすら高く真っ直ぐ伸びていく針葉樹は反封洲に多く見られる樹《き》で、雪檜葉《ゆきひば》という。

「なんとも奥ゆかしい鳴き声です。媛様も、そうお思いでしょう」

目を細め、風雅な気分に浸る大路とは対照的に、与理売は「うん」と返事をしただけで、素っ気ない。この媛には、大路の感じる風雅は伝わらないらしい。

(わたしも、蟬を風雅とは思えんな)

蟬の声に耳を傾けたが、有間も特別な感慨は抱けない。彼が穴の底にいた十年間、蟬は夏場の食い物だった。最低の食い物に、雅《みやび》を感じる方がどうかしている。

腕の間に護るようにして、有間は与理売を同じ馬に乗せていた。歩みとともに、有間の腰にある黒い毛皮の飾りが揺れている。

「ねぇ、なんで船を乗り換えたの？　兄君」

与理売はふり返り、有間を見あげて問う。

「わたしの弟が、楽しい出迎えをしてくれる可能性があったからな。遠慮したんだ」

「遠慮？」

「出迎えられたくなかったのだ。ほら、矢を落とすぞ」

注意され、与理売は慌てて、手にしていた小さな弓と矢を握りなおした。それは道々有間が、木ぎれと山蔓《やまかずら》で作った玩具《おもちゃ》だ。子どもが易々《やすやす》とあつかえる軽さで威力はたいしたものではないが、小鳥ならば射落とせる。

　馬首を並べていた年配の配下が、険しい表情を浮かべた。

「透谷様が、そこまで思い切った手を打ってくるでしょうか。そこまでするとなると、かなり事態は深刻ですぞ、若」

「深刻かどうかはわからんが、ただ可能性があるものは避けたかった」

「どんな可能性ですか。俺は聞いていないんですが」

　龍ノ原に同行した中で最も若い配下が、有間の隣に自分の馬を寄せて興味深げに訊《き》く。

「言っていなかったか」

「ええ。若が突然、船を換えると仰ったのみで」

「すまんな。おまえ以外の三人は、長年わたしと一緒にいる年寄りだ。年寄りどもは動きは鈍いが、察しが良すぎるのでな。わかっているはずだと、説明を省いてしまった」

　鈍いとはひどいですなと、馬首を並べた配下が苦笑する。若い配下は身を乗り出す。

「それで可能性とは、どんな。俺は若の思惑を察せられるほど、年寄りでもありませんから。教えて下さい」

「わたしを目障《めざわ》りに思う者どもが、わたしが反封洲の地を踏む一歩前に殺そうとする可能性だ。そうすれば帰国の途上で不慮の事故で死んだと言える。骸《むくろ》は海に投げ捨てれば始末にも困らん。いや、骸はあった方が都合が良いのか。海に沈めて溺死させ、骸を陸にあげ、ほらこのように事故で溺《おぼ》れ死んだという証にな。それで穏便に殺せる。わたしを次期国主に推している家人たちの怒りも買わずにすむ」

　自分の殺害方法を、有間はこともなげに口にする。

「逆封洲に刺客を送って殺すことも考えただろうが、他国の地では騒ぎになるかもしれん。逆封洲とは海路で行き来があるから、そこの国主の機嫌は損ねたくなかろう。それよりも北門津に入る一歩手前、そこで殺すのが最も良い」

「卑怯な。そんな卑怯なことを誰がしますか？」

「わたしが奴らなら、するだろうな」

　あっさり応じた有間に、若者は、「あくどいですね、若」と呆《あき》れたように言う。有間は声を出して笑い、「その通りだ」と応じた。

　有間は透谷のことを、特別残虐《ざんぎゃく》だとも冷酷だとも思っていない。ただ追い落としたい相手には、誰しもあくどくなるものだ。それは自分も同じだ。

　相手があくどいならば、こちらも相応に思考して裏をかかねばならない。真っ正面の戦いなど望めない。それを望めば身の破滅だ。

当初到着する予定にしていた北門津には、伴透谷が治める北郡の郡家《こおけ》がある。透谷は屋人と共謀し、有間を龍ノ原に向かわせた可能性が高い。となれば、その男が預かる港に帰るのは避けたかった。

有間の一行は、隣国葦封洲の津で船を下りた。そして逆封洲から世話になった東二という名の商人に「逆封洲に引き返したい」と伝え、仲間の商人の船に話をつけてくれるように頼んだ。東二は引き返すための船を捜して話をまとめてくれたのだが――、有間たちはその船に乗らなかったのだ。

東二の船が出航するのを見送った後、徒歩で沿岸を移動し、少し離れた漁村で二艘の小さな漁船を雇い、北門津の沖を北へ進み、南奥郡《みなみおくぐん》の浜まで送らせた。

そこから馬を手配し、陸路、有間が預かる北奥郡《きたおくぐん》の城柵《じょうさく》、奥瀬柵《おくせさく》を目指していた。

北門津で何年も荷の上げ下ろしをしている東二は、北門津では信用ある商人のはず。彼の口から、有間一行は逆封洲に引き返したと言わせることができれば、御の字だ。有間は未《いま》だ帰国せずという情報が透谷に伝わるはず。

東二を欺《あざむ》けたかは五分五分だが、五分のために手間をかけた。

「出迎えが嫌なの？　変なの。わたしなら嬉しいよ」

弓の弦を弾きながら、与理売が首を傾《かし》げた。

「そうだな。わたしはこの通り、髪色も変わっている。すまんな、変な兄で」

「兄君の髪は変じゃない。きれいよ」

顔色を変えて反論する与理売に、苦笑する。

「そうか、きれいか。良いことを言ってくれるな。礼を言う」

そのとき。

前方に向けた有間の目は、これから自分たちが通過しようとする頭上の枝に、焦《こ》げ茶の影がうずくまっているのを捉《とら》えた。馬首を寄せてきた若者に、小さく「おい」と声をかけ、目配せする。

「射ろ」

「は？」

有間の視線を追った若者は、そこにあるものを認めて身を固くした。鞍《くら》につけていた弓と矢を手に取り、手綱から手を放し、ゆるゆる歩む馬上で矢をつがえた。他の者も気がつき、わずかばかり馬の歩みを遅くする。

与理売と大路だけが事情がわからず、きょとんとしている間に、狙《ねら》い定めた矢が放たれた。

空を切る矢の音の直後、ギャッと人の悲鳴に似た声が樹間にこだました。有間の馬の数十歩前に、一抱えもある焦げ茶色の毛皮の塊がどうっと落ちる。

与理売が小さく声をあげ、有間の腕にしがみつく。大路も悲鳴をあげ、動揺し、「なんですか」と同乗の者に訊く。

矢が突き立った毛皮の塊に馬を近づけ、有間が大路に答えた。

「骨喰《ほねはみ》だ。殺したから安心しろ」

「骨喰？」

皺の深い目元をしょぼしょぼさせながら、大路が震え声で繰り返す。与理売は身を乗り出し、馬の足もとに横たわり、ぴくぴく鼻先を痙攣《けいれん》させる獣を覗《のぞ》き込む。

「おっきい、お猿さんみたい」

獣の半開きの口からは、唾液《だえき》に濡《ぬ》れた黄色く太い牙《きば》がのぞいていた。

「猿だ。しかし凶暴な部類だ。生き物を襲って肉を食う。高い枝の上に潜んで、下を通った生き物の頭に飛び降りて、頭蓋《ずがい》に齧《かじ》りつき殺して食う。顎《あご》と歯がすこぶる頑丈でな、人の頭蓋ならひと嚙《か》みで砕く」

とんでもないところに来たと言いたげに大路は色を失うが、与理売は嫌そうに顔をしかめただけだった。

「こんな生き物が、反封洲にはいっぱいいるの？　兄君。昨日の夜も、焚火《たきび》の明かりがない場所に、何かいるって騒いでて、何人かでやっつけてたよね」

船を下りてからここまで三晩、野宿をした。二晩は難なく過ごせたが、昨夜は場所が悪かったらしく蜘蛛《くも》が出た。

蜘蛛といっても毛深い大蜘蛛で、与理売ほどの大きさがある。子どもや小型の家畜ならば強い顎で捕らえ、引きずって、岩陰に掘った巣穴に引き込んで体液を吸いつくして殺してしまう。火を恐れて近づいては来なかったのだが、諦《あきら》め悪く周囲をうろついていたので念のため殺した。大路は疲れ切ってぐっすり眠っていたが、彼女に抱かれて眠っていた与理売の方は、有間たちの動きに気づいていたらしい。

「龍ノ原には、骨喰のような猿はいないのか」

「いないよ。聞いたことないもん」

「それは龍が――神の眷属《けんぞく》が棲《す》む国だからかもしれんな。龍を畏《おそ》れ、邪悪な生き物は龍ノ原から逃げ出すのだろう。しかし、まあ、安心しろ。今夜はもう野宿はしない。もうすぐ目的の場所に到着する」

「それは、オクセサクって兄君たちが言ってた場所でしょう？」

「そうだ」

　一行の馬は、再び歩み始める。

「わたしも出迎えが嫌なわけじゃない。出迎えてくれる人による、ということだ。これから向かう奥瀬柵は、わたしの住まいだ。帰れると思うと安堵するし、そこの連中に出迎えてもらえるのは嬉しいぞ」

「いい邸《やしき》なんだね」

「おまえの知っている龍ノ原の邸とは趣が違うが、これからは、おまえの住処《すみか》にもなる。柵というのは、そこにたくさんの者が住み、働き、政《まつりごと》にかかわったりする場所だ。戦になれば人を護る場所にもなる。気に入れば良いがな。ほら、見えるぞ」

雪檜葉の林を抜けると、視界が開けた。

眼下に、広い窪地《くぼち》が広がっていた。

ゆるい傾斜の丘に四方を囲まれた平地に、青々とした畑が広がり、その最奥《さいおう》の北側に、門と築地《ついじ》塀《べい》に囲まれた建物群があった。

畑は、麦畑だ。双夏《そうか》麦《むぎ》という、乾きと寒気に強い実りの良い麦だ。

冬場、全ての湿り気が氷の粒になり、游気《ゆうき》は乾く。夏場はすこしましになるが、それでも雨は少ない。だから双夏麦が良い。少しの湿り気のみで育ち、乾きに強い。乾きから身を護るため、双夏麦は自ら油分をつくり茎に蓄え、なけなしの水分が蒸発するのを防ぐ。

平《なら》された土地に風が渡り、双夏麦の青が筋状にそよぐ。姿のない大きな龍が、麦の上を泳ぎ横切ったように見えたのは、龍ノ原で間近に龍の威風を感じたからかもしれない。

麦畑の向こうに、二層になった南門。さらに南門から東西に延びる土壁。窪地の北に建つのは、有間の預かる奥三郡の郡家《こおけ》である、奥瀬柵だ。

晴れた日ではあったが、反封洲の夏空の青は薄い。

やっと帰ったと気がゆるむより前に、有間は異変を感じた。

薄い青空の下に佇《たたず》む奥瀬柵は、静まりかえっている。

（人の姿が見えん）

門の二層には常に見張りの軍士が立ち、柵の周囲は下働きたちが忙《せわ》しく行き来するのが常のはずだったが、人影がない。気のせいかと思ったが、近づくにつれて異変ははっきりした。

昼間は必ず開いている門扉《もんぴ》が閉ざされ、雪檜葉の葉を所々に吊《つ》り下げた縄が、門を封じるように渡してある。忌《い》み封《ふう》じだ。喪に服す家にかけられるもので、奥瀬柵にこれがかけられているのは、柵に大きな不幸があった証だった。

ひやりと、指先が冷えるような嫌な寒さを覚えた。

思わず馬の歩調を緩めた有間に配下が並び、強《こわ》ばった顔を向けてくる。

「若、これは何ごとでしょう。喪に服すとなれば国主様ゆかりの方が身罷ったか、あるいは大勢が……。国主様ゆかりとなると四の若の壱岐様か、もしくは美矢比様の身に？　それとも流行病《はやりやまい》か何かで、大勢の者が」

「少し、急ぐ」

言うと馬の腹を強く蹴《け》った。

（壱岐か、美矢比か。二人の身に何かが）

身内と呼べる者の中で有間を慕ってくれるのは、たった二人だ。

末の異母弟、国主四男である壱岐。

そして――美矢比。有間たちの従妹媛《いとこひめ》。

その二人の身が案じられたが、さらに大きな不安が胸に広がる。

（いや、それよりも。もし流行病だとしたら大変なことになる）

配下が口にした「流行病」の一言に、焦りがわきあがった。

有間に預けられた奥三郡は、北奥、中奥《なかおく》、南奥と、三つの郡からなり、それをまとめて奥三郡と呼ぶ。

反封洲で最も雪が多く、貧しく、寒冷な地だ。

さらには反封洲と反目し合う叛封洲《はんのほうしゅう》との国境を抱えているため、隣国と小競り合いが始まれば真っ先に蹂躙《じゅうりん》される地でもあった。

民は飢えに慣れ、寒さに慣れ、頻繁に出現する野獣や、唐突に始まる戦に怯えて暮らすのが日常。先祖代々そうだったので、それしか知らない。それが哀れで、有間は自分に預けられたからには、飢えさせず寒い思いをさせず、何ものにも怯えさせず暮らさせてやりたいと願い、力を注いできた。

真っ先にやったのは、寒冷な地で育ちやすい穀物を捜し選び、持ち込み、民に植え付けを指示することだった。それが双夏麦だ。成果がようやく出たのがここ二年で、格段に食糧事情が良くなった。食べるものがあれば様々なものを良くしていける。

　少しずつこの地に活力が満ちていくだろう——そう考えていたのに。

（流行病が起これば、この地は総崩れになる。もしそうだとしたら、わたしは何をすればそれを食い止められるのか。人の支配や努力を軽々と超えるものの前に）

　龍ノ原で見た龍の群れが脳裏をよぎる。あの生き物を御するなど不可能だと、身が震えたあの瞬間に似た恐ろしさを感じる。龍も流行病も、どちらも人の手にあまり、御するのは容易《たやす》くないものだと。

　道の左右で、風にあおられた双夏麦の葉と細い茎が一斉になびく。頬に当たる風は夏のぬるさを含んでいたが、時にひやりと一筋、冷たい游気が混じる。

　奥三郡の土地の半分は、真夏でも地の奥底は凍ったままで、地表に触れれば冷たい。そこに溜《た》まる游気は冷え、それが風に混じり、夏でも不意な冷たさを運ぶ。

　にわかに馬の足を速めた有間に続き、一行はすぐに南門の扉の前に到着した。門は閉ざされ、忌み封じの雪檜葉の葉が青々した香りを漂わせていた。

「開門せよ！」

　馬上から有間が声を張る。

「伴有間、今帰った！　門を開け！」

三

南門の二層からのろのろと顔を出した一人の軍士が、大儀そうに門の下を見おろし、有間の姿を認めると、突然ひゃっと妙な声をあげて顔を引っ込めた。

「なんという無礼な態度か！　有間様のお帰りだ！　門を開け！」

馬を前に進めた若い配下の怒声に、にわかに門の向こう側が騒がしくなる。動揺しているらしい叫び声が幾つも起こり、暫《しばら》くして門扉が開く。

三人がかりで門扉の一方だけがようやく開いたが、その開いた隙間《すきま》を押し通って、一人の青年が飛び出してきた。

「兄君！　本当に、兄君ですね！」

「壱岐？」

駆け寄ってくる青年は伴壱岐。きょうだいのなかで唯一《ゆいいつ》有間を慕ってくれる異母弟だった。

壱岐は全身が柳の枝のようにしなやかで、身軽く、そして性質も軽やかで明るい。湿っぽいものが嫌いで、常に楽しいこと面白いことを探して笑顔でいるような青年だ。その壱岐の顔を見て面食らった。彼の顔は火照《ほて》ったように赤く、さらに目元をくしゃくしゃにして泣いているのだ。なにがあったと問うより早く、壱岐が叫ぶ。

「生きておられますか!? 兄君」

「なに？」

有間の姿は見えているだろうに、妙なことを訊く。

困惑の表情を浮かべる兄が乗る馬に駆け寄った壱岐は、思わずのように有間の足に手を伸ばして触れる。感触を確かめるようにひと撫ですると、「ああ、ちゃんと体がある」と呟き、急に力をなくしたようにその場に膝をつき、有間を見あげた。

「お帰りなさいませ、兄君。生きて戻られて……本当に兄君ですよね？」

眦《まなじり》から涙がつと流れ、声は震えていた。大げさな様子に眉をひそめた。

「妙な芝居をして、ふざけているのか？」

壱岐は、時々調子に乗りすぎるきらいがある。しかし彼は腰をあげ、心外も甚だしいといわんばかりに眦を吊りあげた。

「なにを言うのですか！ これほど嘆き悲しんでいた、わたしたちに！」

「嘆く？ なにをだ」

「わたしたちは兄君が亡くなったと聞き、喪に服していたのです！ だから、今ここに兄君がお帰りなのが、にわかには信じられず。兄君の姿を今拝見しているのが、どれほど」

そこまで言うと、感極まったように唇を噛む。

これはふざけているのではないと理解し、配下四人と顔を見合わせた。有間は、再び壱岐に視線を戻して問う。

「わたしは死んだことになっているのか？　では南門の忌み封じも、わたしのためなのか。そういうことか」

「十日ほど前に知らせがあり、有間の兄君は帰国の途上で海難に遭われ亡くなられたと。わたしたちは信じられない思いながらも、父国主がそのような偽りを口にはするまいと、惑って……」

壱岐は袖《そで》で目元を拭《ぬぐ》う。そしてさらに「よくぞ、ご無事で」と、涙の粒と一緒に言葉をこぼす。

（流行病ではなかった。壱岐や美矢比の身に何かあったわけでもない）

全身を支配していた緊張がほどけて深い息をついた後、有間は自分のために用意されたらしい忌み封じに目をやった。

（流行病ではなかったが、それにしても）

開いた扉に断ち切られ、しょぼくれたように垂れ下がる縄と鮮やかな雪檜葉の葉を見て、笑い出したいような気分になる。流行病で民が次々と死んでいく恐れに比べれば、己の身一つのことが軽く思えた。

「父国主たちが、なにかやるとは思っていたが。なるほど、わたしは死んだのか。驚いたぞ」

「生きてるよ、兄君は。大丈夫」

顔をしかめてふり返った与理売が、そう保証してくれた。


「有間様がお戻りじゃ」

「若が、若がお帰りになられましたよ」

「早《はよ》う、湯を。布をお持ちせよ」

「おともの方々のおみ足を洗う湯も、あちらへ」

「夕餉《ゆうげ》は？」

「連れ帰られたお子に、御床《ごしょう》の用意をおし」

息を吹き返したかのように、奥瀬柵が活気づいていた。皆が生き生きと嬉《うれ》しげに、忙しく右往左往している。

騒がしい声を心地よく聞きながら有間は旅の汚れを落とし、外郭の正殿《せいでん》に向かったが、その途中に厨《くりや》を預かる厮《かしわで》とすれ違った。その者が頭をさげて進路をゆずりながら、「今夜は山魚《さんぎょ》の刺身をお出しします」と囁《ささや》いたので、「楽しみだ」と応じ、通り過ぎた。

（ようやく帰った）

安堵と喜びが大きかった。国の土地を踏んでも何の感慨もなかったが、柵の中に入ると、帰ったという実感が満ちてくる。

有間が奥三郡《おくさんぐん》の郡主として奥瀬柵に入った十一年前、柵の周囲は荒れ地で、屍肉《しにく》をあさる山犬が群れをなしてうろついていた。戦で怪我《けが》をして柵に運び込まれた後に亡くなった軍士の亡骸《なきがら》が、浅い穴にぞんざいに埋められていたからだ。

嫌な臭気が柵の周囲に漂っていた。

柵も荒れるに任せて、修復の試みはされていなかった。築地塀が崩れ落ち、南門の門扉すら傾き閉じられない有様で、柵の者たちの表情は一様に暗かった。

奥三郡を有間に任せた屋人は、彼を絶望的な地の果てへと送り込んだ気になっていた。

ただ——有間はもっと悲惨で、深く抜け出せないほどの、気がおかしくなるほどの絶望の場所を知っていた。それに比べれば奥三郡は、希望にあふれる地だった。

大勢の人がいる。開けた土地があり、川があり、山がある。木々がある。生き物がいる。それがあれば充分で、やれると思った。土地が凍っていようが、冬には全《すべ》てのものが深い雪に埋もれようが、ここは穴の底ではない。

知恵を絞り、力を使い、たゆまず努力を続ければ、必ず何かが変わると。

——工夫をすれば、良いのですよ。穴の底ですら人は生きられるのですよ。

穴の底で常に傍らにいた、痩《や》せ細り、体から異様な臭気を放ちながらも、瞳だけはいやに澄んでいた老人の言葉が胸に刻まれていた。ずっと一緒にいたのに、あの老人は最後まで自分の名を明かさなかったが、かわりに様々なことを教えてくれた。話しぶりから、おそらく高名な学者だったのだろうと、今になって思う。

穴の底ですら人は生きられるのだから、この土地で人は生きられるはずだ。穴の底より数万倍、まともな生き方ができるはずだ。

有間はそれを信じて、奥三郡と向き合い続けていた。

正殿の広い母屋《もや》に、三人が待っていた。三人は有間が入ってくると軽く頭をさげ、すぐに顔をあげる。有間から、自分に対しての礼は簡便にせよと命じてある。

「すまぬ、待たせた」

待っていた三人のうち、一人は壱岐。

彼は郡介《こおのすけ》を任じられており、郡家では有間に次ぐ権が与えられている。未だ二十四歳の若者ではあったが、国主の子であるがゆえだ。しかし国主の子であれば、兄たちのように郡主に任じられるのが常。郡主に任じられていないのは、彼の母が身分の低い女であったため、屋人に軽んじられてのことだ。

もう一人は、枯れ木のように細く色黒の老人。郡掾《こおのじょう》だ。さらにもう一人は、ふっくらとした体格の壮年の男で、彼は郡目《こおのさかん》に任じられている。

この三人が郡家の政を動かす要《かなめ》。そして有間が柵を離れている間、この三人に奥三郡の全権は委《ゆだ》ねられていた。

「さあ、詳しく話を聞こう。わたしが死んだらしいな？　どういうことだ」

最奥に質素な木綿の几帳《きちょう》が立てられ、その前に藁蓋《わろうだ》と挟軾《きょうしょく》が置かれていた。それが郡主の座だ。質素すぎると配下は眉《まゆ》をひそめるが、有間はこれでいいと言ってゆずらなかった。座る場所など飾り立てて何になるのか。そこに腰を落ち着け、問う。

郡掾と郡目が、壱岐に伺いを立てるような視線を向けた。

年若くとも、郡介に任じられている壱岐は立場なりの良い働きをする。郡掾も郡目も、壱岐には一目置いているのだ。

壱岐が膝を進めて前に出る。

「まずは改めまして、無事のお帰りをお慶《よろこ》び申し上げます。兄君」

涙の跡も洗い流し、壱岐の顔色は常の色に戻っていた。先ほどまで再会の喜びに崩れていた表情が、政に関わる者のそれらしく引き締まっている。

「十日前、御前衆《おんまえのしゅう》から、兄君が海難に遭って亡くなったという文が届きました。北門津《ほくもんつ》に出入りする船からその知らせを受け取ったと、透谷兄君から父国主に報があり、それを父国主が御前衆に正式に伝えたためです」

国主の相談役として権を与えられる、御前衆という老家人たちがいた。先代国主が任じ、現国主が任を解けない者で、国主の相談に乗り、あるいは諫言《かんげん》し、国を誤った方向へと導かないようにするためにある大役である。

人数は定まっておらず、最低でも一人。

現在は三人の御前衆がいた。

彼らは政に長く関わっており、人望もあり発言力が強い。なおかつ現国主には任を解けないため、勝手な判断を押し通したい国主には厄介な老人たちなのだ。

有間を穴から救い出すように辛抱強く説得したのも御前衆の一人、佐々九野《ささのくの》という者だった。それに屋人が折れたことでも、御前衆と国主の関係が察せられる。

御前衆の進言が気に染まぬ場合、国主は素直に従いはしないが、無視もできない。

「御前衆に？　父国主は御前衆をわざわざ呼び集めて、わたしの死を知らせたのか」

「いえ。御前衆から、父国主に合議を提案したのです。兄君が龍《たつ》ノ原《はら》に向かわれて暫くして、父国主の病状が急に悪くなったのです。一旦《いったん》もちなおしましたが、またいつ悪化するか予断を許さない。それを御前衆が危ぶみ、父国主がもちなおしているうちに、正式に国嗣《くにつぎ》たる者を決めるべきとの進言があり、合議がなされたと。有間兄君がお亡くなりになったという知らせは、その合議の席で父国主から明かされたのです」

「それで？」

「合議は、簡単に終わったそうです。有間兄君がお亡くなりになったので、透谷兄君を国嗣とすると決まりました。正式に、透谷兄君が国嗣として立たれました」

　壱岐は悔しげに顔を歪めた。

「口惜《くや》しいです。透谷兄君が国嗣として正式に立ってしまったのが、口惜しい。なぜ、有間兄君が死んだなどという誤報が……」

「壱岐。これは誤報ではないぞ」

　えっと意外そうな顔をした壱岐に、有間は笑ってやる。

「父国主はおそらく、透谷と共謀してわたしを殺すつもりなのだ」

　にわかには信じられないのか、壱岐も、郡掾と郡目も何か言いたそうにするが、言葉が見つからないらしく、ただ軽く口を開けたまま止まる。

　挟軾に肘をつけ、有間は片膝を立てて座り直す。

「本来ならば、わたしを殺してから死んだと公《おおやけ》にするつもりだったはずだ。しかし御前衆から合議の話がもちあがり、父国主はさぞ嫌な気分になったことだろう」

　長子であり、なおかつ十年を穴の中で生き抜いた有間の強靭《きょうじん》さと運の強さを、御前衆は買っている。彼らは、自分たちは有間が次期国主として立つのを期待しているのだと、それとなく周囲に告げている。そのため政を司《つかさど》る国庁《こくちょう》の家人《けにん》たちも、その方向に傾いていた。

　父国主に忌み嫌われる有間だが、次期国主と目されているという噂《うわさ》が他国にまで流れるのは、こうした理由からだった。

合議では当然、御前衆は有間を国嗣に推すつもりだったろう。

「合議の場で、一旦わたしを国嗣としても良かったはずだ。わたしを殺した後、有間が死んだので透谷を改めて国嗣とすると、そうしても良かっただろうに」

顔を伏せ、有間はこみあげる笑いを噛み殺す。

「しかし父国主は、それすらも嫌だったのだろうな。どうせ確実に殺すつもりなのだから、もう死んだと知らせておこうと。仮にでも、わたしを国嗣としたくなかったか。知ってはいたが大層な嫌われようだ」

「吾《わ》が子を殺すなどと。それは何かの思い違いでは」

郡掾が呻くが、有間は笑みを浮かべながら、郡家の要たる三人に目を据えた。

「では父国主は、なぜわたしの死を公言した？」

「それは、もたらされた報が誤りで、国主様はそれを知らずに」

真実に感づいていながら、それでも自分を騙《だま》したいかのように郡目がしどろもどろに言うので、有間は鼻で笑う。

「国嗣となるやもしれない長子が死んだか死なぬか、そのような大事を確かめもせず、知らせを鵜呑《うの》みにするほど父国主は阿呆《あほう》か？　わたしが死ぬと確信しているからこその公言だろう」

有間の顔を見ていられないかのように、郡掾と郡目は目をそらした。実の父に疎《うと》まれ、死すら望まれた者にかける言葉がないらしかった。

ただ有間には、彼ら二人が心配するような感傷はない。あるはずもない。国主屋人は父ではあったが――いずれ必ず、残酷な報復をするべき相手なのだ。

「どういたします、兄君」

膝の上で硬く拳《こぶし》を握り、眉を吊りあげたのは壱岐だ。

「笑っている場合ではないでしょう。父国主は、兄君の命を」

壱岐の目には真っ直ぐな怒りがあり、頼もしい。

有間は屋人に恐れ疎まれているが、壱岐は軽《かろ》んじられ軽蔑《けいべつ》され続けてきた。

隣国からさらい女丁として使われていた俘虜《ふりょ》の娘に、屋人が手をつけ生ませたのが壱岐だ。己の気まぐれの末に生まれた子を「俘虜の子は俘虜ではないのか」と、屋人はせせら笑っていた。時に面白半分に、「俘虜」と、壱岐に呼びかけたりもする。

そんなとき壱岐は、生来の如才なさと辛抱強さで、へらりと笑い、やり過ごす。

屋人の軽薄な残酷さを知る壱岐は、その境遇ゆえに、有間と己に通じるものをかぎ取ったらしく、出会った時から自然と慕ってくれた。異母弟の中で唯一弟と思える。

その弟が、どうするのかと問うていた。

「時が来たらしいな」

薄く笑む。

屋人や透谷が有間の死を望み動きはじめているのであれば、――生き残り、国主となるために、動かねばならない。そうすることで壱岐を筆頭に、奥瀬柵の者たちを巻き込むのだが、逡巡《しゅんじゅん》している暇《いとま》はないだろう。

「わたしが龍ノ原に遣わされたときから、謀《はかりごと》は動いていたのだ。覚悟のときか」

国主になる。

それは有間が穴の底から救い出され、穴の外の游気に触れた瞬間、胸の中に一気に燃えあがった決意だった。

穴で生きた十年の憎悪《ぞうお》と絶望が発火し、救われた喜びは感じられず、ただ強い思いだけが熱を噴いたのだ。

助け出されてただ無邪気に喜べるほど、穴の底はぬるい場所ではなかった。

「わたしは国主の座を望む。そのためには奥瀬柵の者たちにも覚悟をしてもらわねばならん。ただ、柵の者たちが覚悟できぬと言ったところで、わたし一人になったとしても、国主の座を望み動くがな」

決意の言葉に、壱岐と郡掾と郡目は、背を強ばらせた。有間が、国主に対してなにかを仕掛けると察したのだ。

叛逆《はんぎゃく》か――と、息を呑《の》む間があり、しかしすぐに壱岐が言った。

「有間兄君に従います」

「良いのか？　壱岐。賢い選択ではないかもしれんぞ」

「賢いか、愚かか、わかりませんが。わたしは父国主や他の兄君たちより、有間兄君の顔を見ていたいので」

「白邪《はくじゃ》と呼ばれる、この妙な姿でもか」

　自分の白い髪に手をやると、壱岐はにんまりした。

「いい男ですよ」

　軽口に吹き出すと、壱岐は、兄を笑わせたのが満足らしい表情をする。

「だからって訳ではないのですが、とにかくわたしは兄君に従います」

　郡掾と郡目も、「同じく」と口にして、真っ直ぐ有間の目を見る。

（生き残れるだろうか）

　どれほど信頼できる者たちが周りにいてくれるか、それが命運を分けるだろう。それは穴の底で嫌になるほど見てきた。

　強い男も、寝床を護《まも》らせていた者の裏切りであっけなく殺された。誰も信頼せず、浅い眠りを繰り返す強者《つわもの》もいたが、いずれ睡魔に耐えきれずうっかりと深く眠り殺された。

　どんな強者も、一人ではいずれ限界を迎える。生き残るには、必ず信頼できる仲間が必要なのだ。

信頼できる者が、有間にはどれほどいるのか。

奥三郡の郡主《こおしゅ》に任じられて以降、ここで育《はぐく》んだものを数え、目の前の三人を見る。

この三人のみならず、有間の配下は信頼できる——そう判断した。

これは有間がした判断で、誰の責任でもない。もし誰かに裏切られても、それは自分が判断を間違ったのだ。全ては有間の決断であり責任だ。

それを改めて覚悟した。

「礼を言う」

彼らに頷《うなず》き返す。

「では、わたしは大蓋城《おおがいじょう》へ行く。できるだけ早く、明日の夜明け前に馬で出る。馬を乗り換えれば、三日後には到着できる」

大蓋城は国主の城、屋人の居城だ。そこに行くと告げた有間に、壱岐、郡掾と郡目の三人が同時に腰を浮かす。

「何を仰《おっしゃ》いますか、有間様」

「お命を狙う国主様の元へ行くなど」

「死ぬ気ですか、兄君」

口々に言う彼らを、手をあげて制した。

「事前に遣いを立て訪問を知らせ、のこのこ出向くのではないぞ」

「遣いを立てても立てなくても、同じです」

「違うな」

肩にかかった邪魔な白髪を背にかきあげ、有間は挟軾に頬杖《ほおづえ》をつく。

「遣いを立てるか立てないか、その一点の違いが大きい。わたしは大蓋を急襲するのだ。太刀や矢をもって暴れるための急襲ではないがな」

どういう意味ですかと詰め寄る壱岐を落ち着かせ、有間は己の思惑を語った。

黙って耳を傾けていた三人の顔には、見る見る不安が広がったが、それ以外に手はないのも確かだ。あれこれと心配を口にした三人だったが、最後には三人ともが「承知しました」と頷いた。

郡家の要の三人の目には、決意の色があった。

「壱岐。おまえも、わたしと一緒に来い」

「はい」

と応じたその顔に、気力がみなぎっている。明日からのことを思い、若者らしく血がたぎるらしい。そのとき。

「なりません、媛様」

小声で叱責《しっせき》する老女の声が、開いた枢戸《くるるど》の向こうの簀子《すのこ》縁《えん》から聞こえた。

枢戸に目を向けると、そこに細い小さな人影があった。空の青みが薄れ、建物の影が濃くなっている。気がつけば母屋の中も薄暗く、戸口に立つ者の顔も薄闇《うすやみ》のためにぼんやりしていたが、体つきと身につけているもので誰かはわかった。

「与理売か」

声をかけると、「兄君」と、不安そうな声が答えた。有間を兄君と呼ぶ幼い声に、壱岐が驚いてふり返る。

「兄君と？　今あの子は、有間兄君をそう呼びましたか」

「わたしがそう呼べと言ったんだ。来い、与理売」

おずおずと、大人たちの視線を気にしながら入ってきた与理売は、有間の背にまわって隠れるようにしゃがみ込む。左手に、まるでお護りか何かのように、有間が作ってやった玩具の弓と矢をしっかり握っていた。

「紹介しておこう。この子は与理売だ。事情があって、龍ノ原の皇尊《すめらみこと》より預かった」

郡掾が困惑顔で、背後から有間の袖を握っている小さな手を見やる。

「その子が、皇尊より託された遊子《ゆうし》の媛ですか。その……連れ帰られたのですか」

遊子の媛はほとんどが、龍ノ原を出る前に処分される。時に連れ帰る奇特な国主もあるらしいとは聞くが、反封洲《たんのほうしゅう》では一度としてそんな例はない。

「龍ノ原は遊子の媛を八洲《はっしゅう》に下げ渡す令を廃した。この子は遊子の媛だが、皇尊がこの子をわたしに預けたのには、別の事情があるからだ」

「令が廃止されたのですか」

郡目が目を見開く。

「そうだ。いずれ正式に龍ノ原から知らせが来ようがな。そら、与理売。この者たちは柵を預かる者たちだ。挨拶《あいさつ》しろ。わたしの弟もいる」

ふり返って促したが、与理売は背の陰から出ようとせず首を横に振る。慣れない場所で有間と引き離され、心細くなってしまったのだろう。枢戸の外で大路が、心配そうにこちらを見ている。

しかし有間は、与理売の側《そば》にばかりはいられない。安心させるように袖を握る小さな手を叩《たた》きながら、自分の代わりになれる者があればと考え、思い当たった。

「美矢比を呼んでくれるか、壱岐。美矢比なら幼い女の子も上手くあつかいそうだ」

命じると、壱岐がすこし暗い顔をして首を横に振る。

「おりません、美矢比は」

「どこに行った」

「大蓋城へ」

与理売の手を叩く有間の動きが、止まる。

(美矢比が大蓋へ?)

壱岐に視線を据え、問う。

「なぜ。いつだ」

「有間兄君の訃報《ふほう》が届いた翌日に、大蓋城へ向かいました。亡《な》くなったとは信じられない、国主様に直接問い質《ただ》すと言って。それからまだ帰って参りません。文すらもない」

「父国主にとっては、大切にしていた妹媛の忘れ形見だ。ぞんざいにはあつかうまい」

「父国主はそうでしょう。透谷兄君も敬谷兄君も、幼い頃から美矢比には頭があがりません。でも二人の兄君ともに、昔から美矢比を妻に欲しがっています。……しかも透谷兄君は国嗣として正式に立たれたのです。そのことで美矢比の身に、何か起こっていなければ良いですが」

壱岐は床の板目に視線を落とし、痛みをこらえるような顔をした。

穴から助けられた有間を恐れ、美矢比は当初、彼に近づこうともしなかった。

しかし二年経《た》つと、ちょろちょろと有間の周囲をうろつくようになり、あれこれと喋《しゃべ》りかけてくるようになったので、なんのつもりだと訝《いぶか》しんだ。

さらに有間が十七歳となり、奥三郡の郡主を任じられると公になった日、当時まだ十二歳だった美矢比は言ったのだ。

――わたしは、あなたを慕っているのよ、有間。わかっている？

顎をあげ、挑むように有間を見あげた少女は、白いきめ細かな肌と綺麗《きれい》な二重の大きな目が印象的だった。子どもらしからぬ大人びた美しさがあったが、それよりも告げられた言葉に面食らった。この子どもはなんの寝言を言っているのか、と。

そしてさらに五年後。壱岐が奥三郡の郡介に任じられるとき、彼とともに美矢比はこの地にやって来て、奥瀬柵――有間の側で暮らすと勝手に宣言した。

追い返す理由も見当たらず好きにさせていると六年が過ぎ、すっかり居着いた。

龍ノ原に向けて出発するとき、柵の門前まで有間を見送りに出た美矢比は、目に涙をいっぱいにためていた。そして、

――わたしは、なにがあっても有間の側を離れない覚悟があるの。だからあなたが帰ってくるまで、ここで帰りを待ってる。帰ってきたら、わたしを妻にして。

意を決したように、そう口にした。

同じく見送りに出ていた壱岐は、美矢比の隣で俯《うつむ》いた。透谷、敬谷と同様に、彼も美しい従妹に心惹《ひ》かれている。しかし当の美矢比は彼の気持ちを知ってか知らずか、壱岐の隣で酷なことを言ったのだ。

有間は美矢比には答えず、壱岐に向かって「留守を頼む」と力強く励ますように言い、馬首を東へ向けた。

奥三郡を離れなければならない苛立《いらだ》ちと心配。龍ノ原へ向かう旅路も、何が起こるかわからない。さらには帰国したときに何が待ち受けるのか。有間には考えなければならないことが多すぎて、正直、美矢比のことを考える余裕はなかった。

「そうか、美矢比は大蓋か」

口にすると、壱岐が勢いこんで言う。

「美矢比の所在も確かめましょう、兄君」

有間は黙って頷くと、背後の与理売に向き直った。

「与理売、わたしは夜明け前にここを出る。おそらく六日、早ければ五日後には帰ってくる。おとなしく待っていろ」

「わたしを置いて行ってしまうの？　兄君も」

弓と矢の玩具を、与理売は握りしめる。「兄君も」という短い言葉に、幼子の傷が露《あら》わになっていた。彼女は実の両親に置き去りにされたと、大路から聞いていた。

（与理売をかまいたい気になるのは、同じように身内に捨てられたからかもしれんな）

幼い与理売はそれでもまだ、自分を捨てた身内を慕う気持ちがあるらしいが、有間にはない。憎しみすら抱いている。

しかし——ただ一人、壱岐だけは信頼できた。一人でも信頼できる身内があるのは、幸せなことだ。誰一人として信頼できないよりは。

「大路もおまえの側にいるし、龍ノ原からここまで一緒に旅した仲間で、若いのがいただろう。少し仲良くなっていた、あの者をおまえの近くにいさせる」

「でも兄君は、行ってしまう？」

「六日後には必ず帰ると約束する。信じろ。わたしは嘘《うそ》をつかない。わたしが嘘をつかないから、皇尊はおまえをわたしに託したのだ。わたしの言葉が不安なら、龍を友とする皇尊を信じろ。あのお方は、おまえとの約束を一つも違《たが》えなかっただろう」

黙りこくっていた与理売だったが、暫くするとこくんと、確信したように頷く。

「人を信じられるのは、強い子だ。おまえは強くなれる」

腰を上げると、弓矢を握っていない与理売の右手も引いて一緒に立たせた。

表情を改め、告げる。

「明日の出発は夜明け前だ。できるだけ早く大蓋に辿《たど》り着けるように、準備を整えろ。密《ひそ》かに素早く行くのだから、宿は請わんぞ。大蓋までの二泊は野宿になるから、獣よけの蠟薬《ろうやく》を忘れるなよ、壱岐」

壱岐はわざとらしく苦い顔をする。

「わたしは繊細な質《たち》なので、野宿は性に合わないのですが。荒縄のように雑な質の兄君とご一緒なら、致し方ないです」

「昨年の夏、川魚を釣るために五日も野宿して、骨喰《ほねはみ》に頭を齧《かじ》られているのではないか、いや、宮魚《くうぎょ》の胃袋に呑まれたのではないかと、さんざん柵《さく》の者を心配させた男が言うか」

投げ返された言葉を、壱岐は首をすくめて面白そうに受け止めた。彼がふざけたり軽口を叩いたりするのは、緊張しているときだった。

　有間とともに大蓋へ向かう——それを端緒として始まるだろう様々なことに、不安を覚えると同時に興奮し緊張しているのだろう。

「郡掾、郡目は、わたしと壱岐の留守を頼む」

「はっ」と鋭く、彼らは応《こた》えた。


　有間は壱岐と三人のともを連れ、馬を駆って大蓋城へ向かった。一行はできるだけ足の速い馬を選んで騎乗し、ともの三人は体力のある若者を選んだ。俊敏な動きができる、最小限の人数のみが必要だった。

　太刀も槍《やり》も弓も必要ないが、これは急襲なのだ。

二章　吾《わ》が妻　吾が夫《つま》

一

白杉《しらすぎ》の床に裸足《はだし》の足を下ろし、静かに御床《ごしょう》を抜け出そうとした日織《ひおり》の手首を、悠花《はるはな》の手が握る。

「行かないで、吾が夫」

御床を囲む几帳《きちょう》の絹の、東側がほんのり明るい。

盛夏のこの時期。殿舎の枢戸《くるるど》は夜も開かれ、視線を阻《はば》む簾《すだれ》のみが垂らされている。開きっぱなしの東の枢戸の向こうにある空は、濃い藍色《あいいろ》に染まっているはず。もうすぐ夜が明ける。

夜明けとともに日織は禊《みそ》ぎし、龍道《りゅうどう》に入り、央大地《ひさしだいち》をその身の上に乗せている地大神《ちのおおかみ》、地龍《ちりゅう》に拝礼をしなければならない。それが皇尊《すめらみこと》の朝の勤めだ。

しかし共寝していた妻の悠花は、一人御床に残されるのが寂しいらしい。薄闇《うすやみ》の中で日織の手の甲に口づける。

「一日くらい行かなくても、地大神はご機嫌を損ねたりしないと思うけれどね。吾が父皇尊は、病で床についてからは拝礼していなかったもの」

「いたしかたなく拝礼できない人と、同じに考えるわけにはゆくまい」

「わたしは、あなたが行った寂しさで床についてしまうかもしれない。妻を病にはできないと思うけれど？　と、なれば、ほら。いたしかたない事情じゃない？」

「あなたは」

可愛《かわい》いな、と。そう口にしそうになったが、やめた。悠花相手にはどうも、愛《いと》しさを口に出すのは気恥ずかしい。

この世を去った、最初に妻とした月白《つきしろ》は、まだ幼ささえ残る少女で、姿も声も話しぶりも仕草も、全《すべ》てが手放しで可愛かったし、幾度でも本人に可愛いと言えた。

しかし二番目の妻の悠花に対しては、同じようにできない。それは悠花が、ただひたすら可愛い、護《まも》りたいとのみ思う相手ではないからかもしれない。

悠花は妻ではあるが——男だ。

可愛らしく微笑《ほほえ》ましいときもあるが、悠花には頼もしさを覚えるときも多い。

日織と側仕《そばづか》えの空露《うつつゆ》、そして悠花の乳母《めのと》の杣屋《そまや》しか知らない秘密だったが、悠花は女にしか聞こえないはずの龍《りゅう》の声を聞く、禍皇子《まがつみこ》として生を受けた。知られれば死を賜るしかない、人から畏《おそ》れ忌《い》まれる者だ。そのため女として育てられ、男と知られぬために、歩けず喋《しゃべ》れずを通して生きてきた。

そして日織の妻となった。

日織が女であると公《おおやけ》にされた今、女の皇尊が妻をもっているという奇妙な状態が続いている。しかし日織は「それで良い」として、悠花を妻として遇し続けていた。

「寂しさで床についたりしないだろうよ。わたしは、今夜もあなたと過ごすのだから」

そう言っている間にも夜は追い払われ、几帳の絹越しの光で、御床もぼんやり視界がきくようになる。

日織の手に頬を寄せている悠花の、整った横顔と長い睫《まつげ》が見て取れた。美しい妻だった。ただし、はだけた内衣《ないい》から見えるのは、起伏のないなめらかな胸。

握られていない方の手で悠花の頬に触れると、顔をあげた悠花に口づける。

「行くよ、吾が妻」

「つれない」

唇の触れる近さで、温かな息をもって囁《ささや》き交わす。

「日織。そろそろお支度を」

開いた枢戸に垂れた簾の向こう、簀子《すのこ》縁《えん》から声がかかった。側仕えの空露だ。幼い頃から教育係として日織の側にいる護領衆《ごりょうしゅう》は、遠慮がない。妻と共寝していると知っていても、少しでも日織が遅ければ、こうしてやってきて早くせよとせかす。

「わかった」

ゆるんだ悠花の手をすり抜け立ちあがり、禊ぎに向かった。

龍稜《りゅうりょう》の聖域、龍道。大殿《だいでん》の地下空間最奥《さいおう》にある地睡戸《ちのねむりと》の向こうは、地大神の眠る場所へ通ずるとされている。

禊ぎの後に龍道に下り、地睡戸の前で拝礼をすませた日織は、改めてそれを見あげた。黒く巨大な戸の合わせ目から呼気のごとき規則正しさで、顔に熱風があたる。その熱風のためなのか、龍道は常に喉《のど》が痛むほどに乾いていた。

(地睡戸の向こう側で、わたしの身に何があったのか)

皇尊となるために地睡戸の内側に踏み込んだが、そこから出てくるまでの記憶はない。何かが変わった自覚はないが、それでも地睡戸から生きて戻り、殯雨《もがりあめ》が止《や》んだのだから、日織は皇尊となったのだ。

「日織。もうすぐ大臣《おとど》方がおそろいになります。上へ」

空露に促されて地睡戸に背を向けた。壁際《かべぎわ》に控えていた采女《うねめ》が、手《て》灯《あか》りをもって先導し、日織の背を護るように空露がつく。

「初の大殿出御《しゅつぎょ》ですが、お気を楽に。新たに左《さ》の大臣《おとど》に任じた、小勢乙名《こせのおとな》殿も参殿なさります」

気楽にと言われたが、高まる緊張はどうしようもない。

大殿出御は、皇尊と重臣たちとの合議の場だった。

儀式や政《まつりごと》に関わる献言を受けるのが基本だと、皇尊の相談役である太政《おおまつりの》大臣《おとど》の淡海皇子《おうみのみこ》には教えられた。時には、皇尊から重臣たちへの提言や命令もあるとのことだ。

二十八日に一度大殿でなされるが、日織にとっては初の大殿出御だ。

「即位後初の大殿出御で、お伺いも献言もないのが慣例ですから、ご安心を」

内心を見透かされたようで、空露が言い添える。

幼い頃からそばにいて、日織の支えとなってくれる空露は、こちらが参ってしまうほどに察しがいい。そしてまた日織も、空露の考えならばおおかた予想がつく。

(入道、宣儀《せんぎ》を終えて皇尊の御位《みくらい》に即《つ》いた。しかし御位に即いたからとて、龍を鎮《しず》め国を統《す》べる皇尊として立てるのかは、別問題だろう)

皇尊として書札《しょさつ》を与えた反封洲国主《たんのほうしゅうこくしゅ》の長子、伴有間《とものありま》の言葉を思い出す。

——あなたの治世は、今までの龍《たつ》ノ原《はら》のように、容易《たやす》いものでなくなるかもしれんぞ。

神代《かみよ》以来いなかった女の皇尊——なおかつ、皇尊一族の女でありながら、龍の声を聞けない遊子《ゆうし》が即位したのだ。皇尊を護り支える臣下も八洲《はっしゅう》の国々も、戸惑うだろう。

ともあれ、日織は皇尊となったのだ。

遊子を国から追う令を廃する大きな望みを果たしたが、それで満足して終わりと放り出せない場所に立っている。

御位を退くには死しかない。それではと、天寿を全《まっと》うするまで全てを臣下にゆだね、己はぼんやりと過ごすのはあまりにも怠惰で無責任だ。

最初の妻であった月白は、日織の治世を望んだ。それは遊子たちが、つらい目に遭わない龍ノ原になるのを望んだだけではないだろう。龍ノ原という神国《しんこく》が、龍の棲《す》む国にふさわしい、よりよき国になるのを望んだに違いない。

(月白に恥じるような皇尊には、なりたくない)

慈《いつく》しみ護りたかったのに、護りきれなかった妻。せめて彼女の望みだけは叶《かな》えたい。

しかももし、日織の治世が半端《はんぱ》でいい加減なもので終われば、遊子たちへの風当たりも再び強くなり、日織の死後に遊子追放の令が復活しないとも限らないのだ。

日織の治世で、龍ノ原のありかたや人の心を、どれほど変えていけるのか。

それによって、これから先の国の形は変わっていく。

龍道を出る階《きざはし》をあがり、暗い塗《ぬ》り籠《ご》めから大殿の母屋《もや》に出た。

先導していた采女は腰をかがめて脇《わき》に下がり、別の采女が日織の傍らに膝《ひざ》をつくと、母屋の正面へ向けて言う。

「皇尊、出御」

また別の采女が持ちあげた五色布を潜《くぐ》り、母屋最奥にしつらえられた皇尊の座に立つ。背後に空露が控えた気配がした。

左右に規則的に並ぶ白杉柱を背に、顔を伏せ座している四人の重臣たちがいる。

正殿《せいでん》正面の枢戸は開かれ、早朝の空が見渡せた。蟬《せみ》もまだ鳴かない、すがすがしい游《ゆう》気《き》。遠く青く連なる護領山南嶺《ごりようさんなんれい》の上に、細い銀《しろがね》の光が泳いでいた。龍だ。

ゆるく吹き込む風に、大殿の柱や梁《はり》となっている白杉の香りが強く混じる。夏は、様々なものの香りが濃くなる。

大殿背後の崖《がけ》から流れ出る、滝の水音が涼やかだった。

「参殿大儀。顔をあげよ」

顔をあげた四人に、一様に驚きの色が浮かぶ。日織の姿が珍しいのだろう。

衣《きぬ》と白袴《しろばかま》を身につけ男のような身なりをしてはいたが、髻《もとどり》はほどき、朱の紐《ひも》で軽く束ねた髪の根元に薄紅と白の芙蓉《ふよう》を挿し、薄く化粧もしていた。

胡坐《あぐら》をかくのに慣れた日織には女の衣装が鬱陶《うっとう》しくて、早々に音をあげ、もとの男姿に戻ってしまっていた。しかし悠花は女姿を惜しみ、せめてと言って、髪と化粧はこのようにしろと譲らなかったのだ。艶《あで》やかでもあり、凜々《りり》しくもあり、入り混じる均衡の妙が、日織を美しく見せてくれた。

「麗《うるわ》しゅうございますね、皇尊」

右《う》の大臣造多麻《つくりのたま》呂《ろ》が、笑顔で口を開く。

日織から見て左手側に淡海皇子と、護領衆の長《おさ》である大祇《おおぎ》の真尾《まなお》が並んでいたが、彼らは多麻呂のように快活にふる舞えないらしい。「確かに」「風変わりですが」と、咳払《せきばら》い混じりに言った。

多麻呂は日織の右手側に座していたが、彼よりも日織寄りの上座に見慣れない者が座っていた。会うのは初めての男だが、座る位置によって何者かわかった。

彼は——小勢乙名。

職を退いた阿《あ》知穂《ちのほ》足《たり》にかわり、新たに左の大臣となった者だ。

「そなた。左の大臣、小勢乙名だな」

彼は黙礼で応《こた》えた。

「はじめて会うな。これからよく勤めてくれ」

「微力ながら、可能な限り力を尽くします」

落ち着いた低い声で言い、頭《こうべ》を垂れる。

不思議なことだが、乙名は黙っているより、口を開いて応えている時の方が静かだという感じがした。低い声に周囲の雑音が吸い取られていくような、独特の威圧感がある。

石のようだと、ふと思う。周囲の音をその身に吸い込み、じっと動かない石。目の下に深い皺《しわ》が刻まれているが、多麻呂と変わらぬ年だと聞いている。

　龍ノ原の民は里《り》と呼ばれる十戸のまとまり、あるいは郷《ごう》と呼ばれる五百戸のまとまりで暮らしている。それら里郷は、里正《りせい》や郷正《ごうせい》によって統治されているが、その里正郷正をまとめるのが首《おびと》という者。さらに首の中から代表として選ばれ、右の大臣配下で民を統治するために実際に働くのが、四人の大首《おおおびと》であった。

　乙名は今まで、大首を務めていた。

　新たに左の大臣を選ぶとなったとき、淡海皇子、右の大臣の多麻呂、さらには乙名以外の三人の大首らが一致して、乙名を新たな左の大臣にと推挙した。

　それに対して左宮右宮《さのみやうのみや》のどちらからも反対の声があがらず、なおかつ阿知氏の前は、歴代小勢氏が左の大臣を務めていたという経緯もあり、妥当な人選らしかった。

　小勢乙名という者の存在を、日織は知らなかった。

　しかし推挙の経緯《いきさつ》を述べられ、ふさわしい人物と重臣たちが認めているならば、拒否する理由はなかった。そもそも乙名を拒絶して、他に誰が左の大臣にふさわしいのかと問われても、日織にはわからない。自分の知る範囲のみで勝手に決めれば、重臣たちはもちろん、左宮右宮からも不平不満が噴き出すだろう。

　皇尊の座としてもうけられた藁蓋《わろうだ》に腰を落ち着けると、淡海皇子が礼をとる。

「左宮右宮、両宮ともに粛々とつとめております。両宮から皇尊へお伺いや献言なども本日はございません。まずはこれより皇尊はお健やかにつつがなく過ごされ、次なる出御を願えれば幸いに存じます」

慣例通り、初の大殿出御を終わらせようとした淡海を、

「お待ちください」

と、制する者がいた。日織と空露、淡海と真尾、多麻呂は無論、采女たちまで含め、その場の視線が全てその者に注がれた。

小勢乙名だった。注がれた視線すら無表情な彼の内側に吸い取られたように、場に静寂が落ちる。

「皇尊に献言がございます」

「左宮から献言があるとは、事前に承っておりませんぞ」

白い顔に不審の色もあらわに淡海が言うと、乙名は淡々と応えた。

「左宮からの献言ではございません。これはただ左の大臣として皇尊にお仕えする、わたしの献言。これに左宮のいずれの者も関わりない。大殿出御は献言を許される場。参殿したからには、わたしの献言をと考えたまで」

どうされますかと問うように、淡海が日織に顔を向ける。

「乙名殿。次の大殿出御ではいけないのですか」

困惑顔の多麻呂を、乙名は横目で見た。

「これは、早ければ早いほど良い献言と判断しましたゆえに」

膝でにじり寄った空露が、「次を待てと仰《おっしゃ》っても、ようございます」と囁いた。

しかし乙名が、何をそれほど早く献言したがっているのか気になった。慣例ではないからと、あるいは慣れていないからと、それらを理由にして拒否するのも嫌だった。

「申せ、乙名」

乙名は日織に体を向け直すと、正面から日織を見据える。

「皇尊にはすぐにでも、夫をもって頂きとうございます」

早くと焦《あせ》る献言が何かと思えば、夫とは。面食らった後に、少し笑ってしまう。

「わたしには妻がいる」

「妻をもたれているのは、それは結構。わたしは夫をもって頂きたいと申しました」

「いずれ、それは」

「いずれでは遅いと存じます。畏れながら皇尊は御年二十七。子を成すのに、悠長にかまえていられますまい。なるべく早く、今すぐにでも夫が必要です。皇尊の最も大切なお役目は、龍を鎮める御血筋を残すこと。此度《こたび》の皇尊の御即位のように、民を不安にさせてはなりません。お世継ぎを得るために、すこしでも早く夫をおもちください」

当然のことを言われている。

龍ノ原の皇尊は、その血をもって地大神を鎮めるのだから、血を継ぎ残すことこそが最大のつとめ。日織もそれは理解しており、だからこそ悠花を妻として側からはなさずにいる。いずれ自分の子を生んで欲しいと悠花が願うので、日織もそれに応えて――。

しかし人々は、悠花が男であるとは知らない。

日織には公に妻はあっても、夫はいない。

「早くとそなたは申すが、皇尊の夫となるのにどのような者がふさわしいのか。まずはそこを考える。誰でも良いとは、いくまい」

「当然、ふさわしき方が夫とならなければ、それが禍《わざわい》の種になります。皇尊の夫にふさわしいのは、考えるまでもなくお一方しかいらっしゃらない。その方以上の夫は、おりますまい。その方を夫となされば良いのです」

「誰だ？」

「不《ふ》津《つの》王《おおきみ》です」

聞いた瞬間、ぞっと悪《お》寒《かん》が走る。

「不津を夫にと。そう言ったか」

挟軾《きょうしょく》に置いた手には、嫌悪に耐えるため力がこもった。

「御位を争われたのは承知しておりますが、決着はついたのですから、こだわりは捨てて頂きたい。御位を望まれた不津王であれば、皇尊がいかような立場かご承知で、なおかつ世継ぎを得る大切さを誰よりも理解しておられる。これ以上に、皇尊の夫となるにふさわしいお方はないと存じますが」

「こだわりと言うのか。不津のために、わたしは妻を亡《な》くしたのだ。それをただの、こだわりと」

「死した方のことを口にするのは、ただのこだわりです。なすべきことができぬと、その理由を死者に求めるのは、結局ご自身の心のありようのみのこと。現実に皇尊を妨害するものではない」

　石のように感情の読めない、乙名の固い声。

「妻を死に追いやった者と子を成せと言うか、そなた！」

　我慢がならず立ちあがっていた。

「はい。それを献言いたします。皇尊におかれましては、早急に不津王を夫とするご決断をなされ、附孝洲《ふのこうしゅう》におられる彼《か》の方を呼び戻されますようにと」

「乙名！」

　鋭く遮った。嫌悪と怒りで血の気が引く。乙名の口から淡々と垂れ流される不快な言葉を、これ以上聞いていられない。

「わたしの夫は、わたしが決める」

「では不津王と同じく、もしくはそれ以上に皇尊の夫にふさわしい方を、早急におそばにお召しください」

黙れと言いたくなったそのとき、空露が小さく「日織」と囁く。

はっとしたのと同時、淡海と真尾、多麻呂の、気遣わしげな表情に気づいた。彼らは、乙名の献言に追従はしなかったが、制止もしなかった。日織と不津のいきさつを知っている三人は、日織が不津に抱く嫌悪と怒りは知っている。その心情を慮《おもんぱか》り、乙名の献言を後押しするような発言はしない。

しかし制止もしないのは、三人ともが日織は早く夫をもつべきだと、乙名と同様に考えているからだ。夫が誰になるのであれ、早くと。

（夫など必要ない。妻の悠花がいるのだから問題はない。それを皆が知らぬだけで）

だからといって、悠花が男だと明かせばどうなるか。

（悠花は禍皇子だ。それを知ったら、人々はどうする？）

日織が即位したあのとき、目の前で見たことすら信じない、硬直した思考の者がどれほど多いか思い知った。

遊子が皇尊になれるのだから、禍皇子とて禍とはならず皇尊の夫となれる――そんな乱暴な理屈が通るだろうか。遊子と禍皇子はともに異端の者ではあったが、その間に関連性はなく、別の存在だ。疎《うと》まれてきた理由も違うというのに。

（悠花を妻としたまま、重臣たちを納得させるために、形ばかり夫をもてばいいのか？）

しかし夫となった人と、妻と夫の契《ちぎ》りを交わさなければ不審を招く。さらに形ばかりの妻と夫でありながら日織が懐妊すれば、父は誰かと徹底的に探られ、悠花にもなんらかの疑惑が向けられるだろう。皇尊に容易に近づける者は、多くないのだから。

それを避けるには、形ばかりの夫では無理だ。

夫となった人とも、契りを交わさなければならない。

（嫌だ。そんなこと）

相手が不津でなくとも、悠花以外の者と触れあいたくない。日織は悠花の夫だ。

（けれど、わたしは皇尊となった。嫌だと、そんなことを安易に口にできぬ）

重臣たちの視線にさらされ、自らの立つ場所を強く意識せずにはおれない。

滝壺《たきつぼ》にどうどうと落ち、渦をなしのみこまれる水音に耳を傾け、気を落ち着け、深く息を吸ってから告げた。

「わかった。夫のことは考える。なるべく早く結論を出す」

重臣たちが礼をとる前を早足で通り過ぎて母屋を出て、簀子縁から岩肌に巡らされている回廊へと大股《おおまた》で向かう。随従する空露が、「日織」と、心配そうな声音《こわね》で呼んだ。

「わたしは、心を殺すべきなのか」

苦く、呻《うめ》くように口にした。

「悠花以外の人と、妻と夫として触れあいたくない。けれど、わたしは皇尊だ。御位に即いたからには心を殺して夫をもち、その人の妻になる必要があるのだろうか」

　悠花の身を危険にさらさず、かつ自分の傍らにいて欲しいと願うなら、きっとその必要があるのだ。質問してはいたが、正しい答えはわかっている。

　それが最も危険が少なく、自分の望みを果たせる方法だと理性は告げていたが、心が納得しない。

「けれど……」

　足を止め、「嫌だ」と、空露にすら聞き取れないほど微《かす》かに言葉を吐き出す。

（悠花は、わたしのものだ。そしてわたしも、悠花のものなのに）

　空露は無言だ。彼もまた日織と同じように、正しい答えを知っている。

（どうすればいい、わたしは）

　岩肌にせり出す懸造《かけづく》りの回廊からは、龍稜の下からぬるい風が吹く。青々と草葉がなびく草原――髭平《しのひら》。その向こうにある里郷の隙間《すきま》を埋める森の中は、蝉の声で満ちているだろう。

　視線をあげれば、護領山の祈峰《きほう》が見えた。龍の姿はないかと、すがるような気持ちで連なる峰をたどっていくと、二頭の細い龍が追いかけっこをするように護領山から麓《ふもと》の方へと、くるりと時に楽しげに回転しながら下っている。

（あの龍は、大きくなっただろうか）

日織とともだちになったあの龍は、宣儀を終えてから姿を現さない。遠くに姿を見ているのかもしれないが、それがあの龍だと日織にはわからない。龍は日織を見ているかもしれないが、近づいては来ない。

友となっても、龍は龍だ。

犬猫のように懐《なつ》くものでもないし、人とともに暮らすことはない。

まして安易な願望になど、従ってくれるはずはない。

それは知っているし、どこかで美しく強くなってくれていれば、それで良い。それでもこんなに困惑しているときは、龍が助けてくれまいかと勝手な望みを抱いてしまう。

神の眷属《けんぞく》の力で、日織の望むような道を開いてくれまいかと。

（あつかましい考えだな。神になんとかしてもらおう、などと）

わずかでも甘えた思いにとらわれた自分に、うんざりする。

「失礼致します」

ふり返ると、采女が空露の傍らにいた。ぼんやりしていたらしく日織は声を聞くまで気づかなかったが、空露の方は采女に向き直り、文らしきものを受け取っていた。

采女が去ると、空露は文に視線を落とし眉《まゆ》をひそめた。

「なんだ、それは」

「真尾様から日織へお伺いです。祈社《きしゃ》に、逆封洲《さかのほうしゅう》から妙な文が届いていると。大殿出御で問うことでもなかったので、ご判断のみ仰ぎたいと」

「逆封洲？」

龍ノ原の最北と国境を接するのが、逆封洲だ。他国同様に、遊子の引き渡しの他に関わりのない国だ。

「なんと言ってきた」

「皇尊即位の賀意を述べるため、国主が使者を送りたいと言っていると」

「賀意を述べる？　そんな慣例はないだろう。なぜそんなことを」

「おおかた、伴有間殿が厚遇されたとでも噂《うわさ》に聞いたのかと。新たな皇尊と関わってうまみがないか、探ろうとしているのやもしれませんが」

「祝いの言葉などいらないのだが」

「相手は、賀意の使者を送るとのみ申しています。挨拶《あいさつ》を拒絶するのは、非礼ではあります。今後、逆封洲国主と対話はできますまい」

「それは良くないだろう。これから何があるか、わからない」

挨拶のみならば、特に構える必要もない。受けるべきだろう。誰とどんな縁《えにし》が成せるかわからないし、その縁が日織にとって、大切なものになるかもしれない。

伴有間と奇妙にも縁を成したように。

（あの男は今、何をしているのだろうか。与理売《よりめ》は元気だろうか）

遠い北の地を思った。

二

几帳の陰に座り、悠花は団扇《うちわ》で胸元に風を送っていた。日が昇って西殿《にしどの》の母屋は暑かったが、鬱陶しいことに悠花は裙《も》をたくしあげて足をさらすことも、衣を脱いで涼むこともできなかった。髪に挿した、芙蓉を模した銀の釵子《さいし》の位置をなおす。

この季節は芙蓉が綺麗《きれい》だから、明日はそれを髪に飾れば良いと、昨夜の御床の中で日織に囁いていた。おそらく彼女はそれを覚えていて、芙蓉を挿して大殿出御に臨んだはずだ。だから悠花も、今日の釵子は芙蓉を選んだ。日織は気づくまいが、そうやって密《ひそ》かにそろいのものを身につけるのが、嬉《うれ》しい。

少し前、日織は大桜宮《おおさくらのみや》に戻ってきたらしかった。しかし皇尊の勤めのためか正殿に入ったまま、まだこちらに姿を見せない。

葉桜が暑い風にそよぐのを、几帳の隙間から眺めつつ、日織がこちらに来る気配がしたら御床に伏せるふりでもしようかと悪戯《いたずら》を考えていた。あなたが今朝、わたしをおいて行ってしまったから、ほら病になった、と。

日織は呆《あき》れた顔をするだろうが、それが見たい。

――息災か。

ふっと、そう聞こえた。それは真上から降ってきたようでありながら耳の奥に響く不思議さで、こういう風に聞こえるのは龍の声だ。

皇尊の一族の女たちは、龍の姿を見れば声を聞くという。だが悠花は幼い頃から、龍の姿は見えないのに、こうして声だけを聞くことが度々あった。おそらく遠い空の上や雲の中を泳いでおり、人の目に見えていない場所にいる龍の声なのだろう。

近頃、時に、この龍の声を聞く。

短く、澄んだ音で響くそれは、覚えがある気もする。

(日織の、ともだちかもしれない)

日織はあれ以来、ともだちの龍の姿を見ないと口にするが、龍の方は遠くから、時に気まぐれに日織の頭上を泳いでいるのかもしれない。

そのありようが神の眷属らしい淡泊さと優しさだと、悠花は感じる。

「氷《ひ》水《みず》をおもちしましたよ、悠花様」

乳母の杣屋が、塗りの椀《わん》を運んできた。氷室からわけてもらった氷をいれ、そこにほんのり甘くした水を張ってある。礼を言い、団扇を置いて椀を手にとり口をつけると、すっと体の熱が引く。杣屋は代わりに団扇を手にとり、悠花を扇《あお》ぐ。

「日織にも、これをもって行ってくれない？　杣屋」

初の大殿出御は形ばかりの挨拶を受けるだけだが、日織のことだ。緊張して疲れていることだろう。氷水を口にすれば、気持ちも少し休まるはずだ。

「あちらはあちらで、なさっているでしょうに」

「頼む。わたしの夫の周りには、おまえのように気働きができる者が少ないよ。ほら、居《い》鹿《しか》などは、まだほんの子どもだから。教えておあげ」

どうでしょうかとぶつぶつ言いながら、まんざらでもないような顔で、杣屋は出て行った。

再び椀に唇をつけると、

「失礼いたします、悠花様」

開いた枢戸のそばで空露の声がした。

「お話があります。よろしいでしょうか」

「良いよ。お入り」

肩で切りそろえた髪を揺らし、護領衆の黒衣を身につけた空露が几帳を回り込み、悠花の近くに膝をつく。いつもながら感情の読めないすまし顔だが、日織はこんな顔からも彼の気分を察する。彼らがともに過ごした時間の長さと絆《きずな》がわかるようで、それが悠花にとってはどことなく面白くない。

「日織は？」

「正殿で、大祇《おおぎ》に文の返事を書いております。逆封洲国主が、皇尊即位の言祝《ことほ》ぎに使者を遣わしたいと、祈社に言ってきております。その返事を」

遊子の媛《ひめ》を受け渡す役目があったため、八洲の国々と祈社はやりとりをしていた。そのため八洲が龍ノ原に対して何か伝えたいときや伺いを立てたいときは、祈社を通すことが多い。

「日織は、どうすると？」

「受けるそうです。有間殿のこともありましたから、八洲に対して誠意をもって接するおつもりのようです」

日織ならばそうするだろうと思いつつ、首を傾《かし》げた。

「それで話とは？」

日織が正殿で文を書いているこのときを選び、わざわざ一人で悠花のもとへ来たからには、世間話をしに来たわけではないだろう。

「本日の大殿出御で、小勢乙名殿に日織は責められました」

「初の大殿出御で？　慣例では形ばかりの挨拶で終わるものだろうに」

驚き問うと、空露は無言で頷《うなず》く。

新たに左の大臣となった小勢乙名の人となりを、悠花は知らない。おそらく日織も知らないだろう。何を考えて慣例を破ったのかはわからないが、癖のある男だろうと察せられる。

「それで乙名は、なんといって日織を責めたの？」

「早く夫をもてと」

「ああ。それ、ね」

　思わず一つ深い息が出た。

（当然だ）

　日織が夫をもたなければ、重臣たちは納得しないだろうとは思っていた。まさか初の大殿出御で問題にされるとは考えていなかったが、一日も早くと重臣たちが焦る気持ちもわかる。気負った者が慣例を破ったとしても驚きはない。

　来るべくして来たことだ。

　わたしの子を生んで欲しい、その子が即位して安寧が続けば、いつか禍皇子が遊子同様に自在になれる日が来るかもしれない。即位した日織にそう囁き、口づけた悠花だったが、それが容易ではないのもわかっていた。

　自在でいられない悠花を気に病む日織に、そんな莫迦《ばか》なことを言って少しでも楽な気持ちにさせたかっただけだ。いや――それは悠花の願望だったのだ。

「日織はどんな様子？」

「乙名殿に怒っていました。なにしろ不津王を夫にするのが、最もふさわしいと言われたので」

「それは怒るだろうね」

「けれど、自らのお立場に気がつかれて怒りを治められました。悠花様のことを公にしないのであれば夫はもたねばならぬと、おわかりのようでした。でもお嫌そうです。悠花様以外の者と、触れあいたくはないと」

白杉の板目に広がる、己が身につけた涼しげな白地の纈《ゆはた》裙《のも》に目をやった悠花は、つと指先でそれに触れる。

（わたし以外と触れあいたくない、と）

口元がほころぶ。

（お可愛らしい、吾が夫。少女のように、そんなことを口にして）

指に触れる絹の感触に似た、日織の素肌を思う。

（あなたを誰にも触れさせたくないよ、わたしも。あなたに触れて良いのは、わたしだけ）

二度目の宣儀から今日まで、さして長い時間ではなかったが、悠花はずいぶんと身勝手で幸せな時を過ごしていたのだ。皇尊となったからには、日織は世継ぎを得るために公に夫をもたねばならないのは、わかっていた。日織は悠花の戯言《ざれごと》を真剣に受け止めていたかもしれないが、悠花はかりそめの幸せなのだと知っていた。

けれど――。

（嫌だ。日織が誰かに触れられるなど）

日織の思いを少女めいているなどと、思える筋合いではない。悠花もまた少年のように、恋しい人が他人に触れられるのが嫌なのだ。

「日織は、あなた様をとても大切に思っています。そしてわたしも、日織にとってあなた様が支えになっていると考えています」

空露の言葉が意外だった。

「おまえが、わたしをそんなふうに言ってくれるとは、驚きだね。おおかた、日織にくっついている邪魔な虫くらいに思っているかと」

「畏れながら最初は、正直そのように。日織に面倒ごとを増やすだけのお方だと。しかしあなた様は日織を護ると仰り、お覚悟も見させて頂きました。そして日織は、あなた様が傍らにいると、幼かった頃に似た笑顔を時に見せるようになりました。わたしはそれが嬉しい。しかし」

感情の読めないいつもの顔で、空露は続ける。

「わたしは日織を皇尊の御位に即け、不条理な令を廃するのを望みとし、ここまで来たのです。神を欺《あざむ》く片棒を担《かつ》ぐ覚悟で日織とともにあったのですから、護領衆としては大変罪深い。また護るべきだった日織を、たとえ彼女が望んだとしても、いさめもせずにともに望みを果たそうとしたのもまた罪です」

　ジジッと蝉の声が聞こえた。龍稜の頂まで飛んでくる蝉は少ないのだが、なにかのはずみで大桜宮まで辿《たど》り着いたのか。一匹のみ、頼りなく鳴き出す。

「積年の望みを、わたしは果たしました。しかしその結果、退くことすらできない場所に立つこととなった日織がいるのです。日織が皇尊として苦しまずにあり続けられるようにするのが、わたしの償いであり、今の望みなのです」

　感情が読みづらいはずの護領衆の瞳《ひとみ》に、強い決意の色が見えた。

　悠花とはまた違った意味で、空露は日織を慈しみ護ろうとしている。年月をかけて積もっただろう、強固な決意だ。

「それで？　何が言いたい」

「あなた様に、身を引いて頂きたい。理由をつけて、日織のもとを去り、二度と姿を見せぬようにして頂きたい」

　思わず悠花は笑った。

「はっきり言うね」

「日織は、あなた様を側から離しはしないでしょう。あなた様を妻として慈しんでいるし、月白様のこともある。妻となった者を、自分から手放せないでしょう。しかしそれによって夫をもたなければ、日織は立場を危うくする。仮に夫をもったとしても、その夫との契りを交わせないでしょう、あなた様がいては。日織は結局、立場を悪くする。あなた様がいなくなれば日織も諦《あきら》めて夫をもち、妻となれるでしょう」

「日織が妻、ね」

ぴんとこない。日織は悠花にとっては、妻という括《くく》りで見るべき人ではない。どんな括りとも言いがたいが、あえて言うなら夫だ。

「わたしは日織のように、おまえの考えを敏感に察せられるほど親しくないが、おまえがわたしを認めてくれているのはわかるよ」

微笑みを向けた。

「だって認めていなければ、おまえはきっと日織のために、わたしを殺してしまうだろうからね。こうして身を引けと言うのは、情けをかけてくれているのだろう」

空露の伏せた目は、暗い色だ。悠花が察したとおり、空露は必要とあらば悠花を亡き者にするだろう。

「でもね、わたしは日織の側を離れがたい」

鋭く、空露が上目遣いの視線を投げてくる。

「わたしの意図を察しておられながら、そう仰りますか」

「日織がわたしを妻としながら、わたしの思いなど斟酌《しんしゃく》せずに夫をもち、その人と妻と夫の契りを交わしてくれれば良いのだろう。そうすれば、すべてがまるくおさまるのにね。わたしだけの日織でないのが嫌でたまらずとも、日織の側にはいられる。日織に夫をもってみてはどうかと、勧めてみようかな。そうすれば」

「あなた様に、そんなことができますか。側にいながら他の人と過ごす日織を、あなた様は見ていられるのか。そして日織に、そんなことができるとお思いですか」

言われるまでもなく、できないことはわかっていて口にしたのだ。

もし仮に日織が義務と責任で心を殺せるのであれば、それはそれで良いのではないかと。自分が苦しみもがいても、日織の決断ならと耐えられるかもしれないと。

それが皇尊として、必要な判断ならば、と。

おそらく悠花がいなければ、日織は夫としてふさわしい男を臣下に選ばせ、夫とするだろう。不津はさすがに拒絶するだろうが、その他の男ならおそらく承知する。そのくらいの覚悟はある人だ。

それなのに。

悠花がいるばかりに、日織はそうできない。

皇尊として必要な決断を、悠花の存在が鈍らせる。

(わたしが日織の枷《かせ》なのか)

恋しい人の枷になり、進むべき正しい道をねじ曲げさせる存在。それはけして、悠花が望む在り方ではない。

「失礼いたします、悠花様。皇尊《すめらみこと》がお越しです」

枢戸の外から杣屋の声がして、空露は焦ったようにふり返った。悠花はついと、開いている西側の枢戸を指さす。

「日織に、何の話をしていたのだと、問い詰められたくないでしょう。そちらから出れば良いよ」

申し訳ないような忌々《いまいま》しいような、深い皺を眉間《みけん》にひとつ刻み、空露は頭を下げると去った。

「悠花」

日織が入ってくると、悠花は挟軾にぐったり身をもたせかけた。

「どうした、具合でも良くないのか」

挟軾にのせた両手の甲に額をつけ、小さな声で言う。

「病になった。あなたが今朝、わたしを置いて行ってしまうから」

「……呆れたな」

傍らに日織が座った気配がして、少し汗ばんだ悠花の首に彼女の指が触れる。それにえもいわれぬ幸せを感じる自分を、悠花は顔を伏せたまま、くすくす笑った。

どうしてこの人と離れられるだろうか、と。

「日織」

「なんだ」

「夫をもつの？」

息を呑《の》む気配がし、しばしの沈黙の後、頼りない声が問い返す。

「もてば良いと思うのか、悠花は」

傷ついた響きに、悠花は慌《あわ》てて顔をあげた。

「違う。わたしは、そんなのは」

嫌に決まっていると口にだしかけて、すんでの所で止めた。ここで嫌だと言ってしまえば、日織を縛ってしまう。

「大殿出御でのこと聞いたんだな、悠花。誰から聞いた」

「……采女が。いや……杣屋が、采女と話しているのを聞いた」

日織は目を伏せた。

「どうすればいいと思う？　わたしは悠花が良い。悠花以外の人と、妻と夫になりたくない。触れられたくない。けれどわたしは皇尊で、そうなったからには義務も責任もある。わたしは、わたしの望む世にするための皇尊でありたい」

髪に飾った芙蓉の薄紅が震え、日織は一気に吐き出す。

「夫をもたず、後継もつくらずに、ただ悠花と一緒に過ごして終わることもできる。けれどそうすると、わたしの次代の皇尊は必然的に、不津の血を引く子の誰かとなる。能《の》市《いち》か高千《たかち》の子、もしくは不津がまた子をもうければ、その子か。遊子をさげすむ不津の血統の子たちが、わたしが廃した令を復活させないと言えるか？　不津は当然のこと、能市も高千も、遊子で女のわたしが皇尊となったのが許せないはずだ。わたしの心を引き継いでくれる可能性があるのは唯一《ゆいいつ》、与理売だ。だがあの子は龍ノ原の外へやっているのだから、わざわざ呼び戻されることはあるまい」

　苦慮が痛いほど伝わってきた。

　皇尊は、次代にも心を配る必要があるのだ。日織が望む龍ノ原を日織の御代《みよ》のみで終わらせないために、志を継ぐ者が次代の皇尊とならなければいけない。

「わたしには後継が必要なのだ。皇尊の血を継ぐのみならず、わたしの思いを継いでくれる次代が。それを充分わかっているのに、わたしは……悠花。あなたが良いんだ。あなたの血を引く後継を得られれば、それが一番良い。けれどあなたのことを公にできない。だったら、どうすれば良い」

　あなたが良いと、そう言ってくれる日織への愛《いと》しさが強くなり、悠花は勇気づけるように彼女の頬に手を添えていた。

「わたしも同じ。お可愛《かわい》らしい、わたしの夫《つま》。でも、だからこそ、わたしもわからない。どうすれば良いかなんて」

「二十八日後には再び大殿出御だ。一度もち出されたわたしの夫の問題を、重臣たちは必ず問うてくる。夫のことは考えると、わたしは言ってしまった。だから少なくとも乙名は、考えはまとまりましたかと、あの石のような静けさで迫ってくるはずだ」

潤《うる》んだ目が苦しそうだ。慰めてやりたくて、悠花は頬に口づけた。

「考えよう、日織。二人でね」

□□□

次の大殿出御は二十八日後。

悠花は考えようと言ってくれたが、考えなどまとまるわけがなかった。

自分の望みに添う現実的な選択は、悠花を妻としながらも、日織は誰でも良いから夫をもち、その人の妻となることだ。そして密かに悠花と通じ合いながら、夫となる人を騙《だま》しおおし、騙しながらもその人と、妻と夫として契りを交わす。

望みを叶えようとする現実的な選択は、最も罪深く、苦しく、恥ずべき選択だ。この選択をすれば、夫となる人をどれほど侮辱し続けることとなるのか。どれほど悠花の心を傷つけるか。それでも必要ならば、そうするべきなのか。

悠花は、必要ならばそれもしかたないと苦笑いし、わたしを龍稜から出せばことはもっと簡単だね、とも冗談めかして口にした。冗談にしても、悠花の口からそんな言葉を聞くのは苦しかった。

全《すべ》てを承知の空露に願い、神職を退かせ、形ばかりの夫として空露を迎えることすらも考えた。しかし皇尊の一族でもない男子を皇尊の夫とするのを、重臣たちが承知するだろうか。空露がせめて、重臣を輩出する姓《かばね》をもつ一族であれば違っただろう。皇女《ひめみこ》が姓の一族の妻になることはままあるし、皇尊の一族が、姓の一族から妻を選ぶことも多い。姓があれば、皇尊の血統とまだいくらか繋《つな》がりがあると認められる。

しかし空露は姓の一族の出ではない。

もし仮に皇尊としてのみ必要な選択をするならば、悠花が口にしたように、悠花を龍稜から出し、日織との関わりを絶って別の人生を歩めと命じれば良かった。そうすれば日織は、重臣たちが納得する皇尊にふさわしい夫をもち、後継を成せる。自分の望む御代をつくり、皇尊としての義務や責任を果たせるのだ。

しかしこの選択をすれば、日織と悠花の心は、ともに屍《しかばね》のように虚《うつ》ろになる。

どこにも道がない。

そう思えた。

皇尊という御位《みくらい》に即《つ》いたゆえに果たせた望み、これから果たせる望みはある。しかし御位が、日織の望みを阻《はば》む。周囲を壁にふさがれ、行くも戻るもできない、狭苦しい中に立たされているような気がした。

数日が無為に過ぎ、どれほど日数があろうとも答えが出せない気がしていた時、祈社から放たれた夜鳴鳩《よなきばと》が、龍稜《りゆうりよう》に飛来した。

皇尊即位の賀意を伝える逆封洲の使者が、祈社に到着した知らせだった。

祈社に来訪した者は、八洲国主《はつしゆうこくしゆ》に渡されている縞石《しまいし》の印認《いんにん》を所持しており、逆封洲国主から遣わされた者に間違いないらしかった。

いくら悩みが深かろうが、龍ノ原も八洲も、人々は動き、様々なことがらも動く。苦しい、道がない、と懊悩《おうのう》していても、皇尊としての勤めをおろそかにはできない。

逆封洲の国主から遣わされた者に、会わねばならなかった。

「逆封洲国主とは、どういった方なのか」

逆封洲の使者来訪の知らせを伝え聞いた、翌々日。

大祇の真尾の背を見ながら、日織は岩肌にせり出す回廊をたどり、龍稜の大殿へと向かっていた。背後には空露が従い、さらにその後ろに二人の采女《うねめ》がつく。

「在位三年、御年十四歳の国主です。名を末和気《すえのわき》様と仰います」

歩調を緩め、真尾は肩越しに答えた。

「在位三年？　十一歳で国主となったというのか。子どもではないか。それでよくぞ国が治まる」

「治まるどころか、和気様が国主となられ、逆封洲は見違えるほどに潤《うるお》ったそうです。俊秀の国主と評されております」

背後の空露の声に、驚きふり返る。

「潤った？」

「津を大きくし、八洲の商人たちが国を問わず誰でも使いやすく、優遇されるように法を整えたそうです。その甲斐《かい》あって貿易が盛んになり、人の交流が盛んになり、国を潤していると。子どもと侮《あなど》れぬ才をおもちだとか」

新たに皇尊が即位し、変わる気配を見せている龍《たつ》ノ原《はら》にいち早く探りを入れるのは、俊秀の国主らしい動きの早さとぬかりなさだ。

（それにしても。十一歳から国を治め潤すなどと、御伽噺《おとぎばなし》めいた俊秀の国主というのが、実際にいるのか？）

信じられない思いの方が強い。しかし事実、少年が国主であり、国が治まっているのであれば信じるしかない。

「俊秀の国主も、抜け目なく使者を送った価値はありましょう。八洲の者が龍稜に招かれるという、今までにない経験をするのですから」

真尾がちくりと言うので、日織は目を細めた。

「不満か？」

「いえ。伴有間殿を龍稜にあがらせたのですから、今更でしょう」

神職である真尾はいまだに、八洲の者を罪を負う民と見てしまうらしい。

龍稜と左宮右宮、さらに祈社は、皇尊の居所とされ、そのため采女も配されている。

その中でも祈社は、護領山《ごりょうさん》の祈峰《きほう》にあるという立地から、他国の者の滞在が許される唯一の場所で、八洲の者は必ず祈社に留め置かれた。

逆封洲からの使者も、初日は祈社の来殿《らいでん》に通された。

以前であれば、八洲の者は祈社以外に踏みいるのは許されなかった。

しかし日織の即位から、他国の使者へのあつかいは変わった。

反封洲《たんのほうしゅう》長子、伴有間が龍稜の大殿《だいでん》にあがった前例ができたため、おなじく八洲の使者であれば、龍稜や大殿へあがるのを許される。

さらに賀意を述べる使者から言葉を受けるために、皇尊の方が祈社に足を運ぶのも、道理にはあわない。

そこで中務上《なかつかさのかみ》が検討し、左の大臣《おとど》小勢乙名とはかり、使者の滞在は左宮とし、そこから龍稜の大殿へと挨拶にあがる段取りを整えた。

他の重臣たちはさほどではないが、神職の真尾だけは、八洲の者が龍稜にあがることを未《いま》だにぶつくさ言う。

「皇尊がおはしました」

「礼拝《らいはい》」

大殿の簀子《すのこ》縁《えん》をたどり、開け放たれている正面の枢戸《くるるど》まで来ると、左右に控えた采女が中へ向かって声を発する。真尾を先頭に母屋《もや》に入ると、正面の皇尊の座の左手側に、見慣れない衣装の女がひれ伏していた。

髪は結っておらず背に流していた。裙は身につけていない。踝《くるぶし》まで届く丈長の衣《ころも》を身にまとい、胸高に布の帯で褶《ひらみ》を巻いているのみ。さらにその上から、薄い絹の大衣を羽織っている。八洲の女——それも庶民ではない者の衣装だ。大衣に精緻に施された、朱色の車百合《くるまゆり》の刺繍《ししゅう》が燃えるように鮮やかで、華やかだった。

(この女が、逆封洲からの使者か)

日織が皇尊の座につく。すると真尾が小声で促し、女が細長い木箱を手に、日織の正面へ膝《ひざ》でにじり出る。木箱にはおそらく、逆封洲国主からの書札《しょさつ》が入っている。

「顔をあげよ」

命じる日織の声に女が顔をあげ、視線が合った。その瞬間、女が柔らかく微笑《ほほえ》む。あまりに優しげな笑みに、どきりとした。

かつて慕っていた人の微笑みを、その女は思い出させた。

（宇預《うよ》お姉様）

三

年は、日織の五つ六つ上か。その年頃も、宇預と似通って見えた原因かもしれない。

脇《わき》に控えた空露の反応が気になり、目を向けたが、彼はなにも感じていないらしく無表情を通している。宇預に似ていると思ってしまったのは、日織だけらしい。

よく見れば、顔貌《かおかたち》はさほど似てはいない。ただおとなしやかな雰囲気と、おっとりとした表情と微笑み方が、宇預を連想させたのだろう。

「逆封洲国主の使いで参りました、遠音《とおね》と申します。国主、末和気の母でございます」

「国主の母君が？」

「わたくしのような不調法者が国主の名代で参りましたこと、恥ずかしゅうございます。ですが国主は、国主の誠意を皇尊にお伝えするために、家人《けにん》ではなく自分に近しい者をと考えられましたゆえです。わたくしが参りましたのは、国主の真心と受け取って頂ければ幸いにございます」

深々と礼をとる。

「逆封洲国主より、賀意をお伝えいたします。此度のご即位、逆封洲国主心より祝い申し上げます」

遠音が持参した木箱を顔の前に掲げると、采女がそれを受け取って日織に渡す。箱は紫色の紐《ひも》で括られていた。それをほどいて蓋《ふた》を開くと、書札を取り出し広げる。

「印形か？　珍しい」

書札には、端正な筆致で即位を祝う言葉が綴《つづ》られている。言葉は優しく気遣いにあふれているが、文字は手習い見本のようで、悪く言えば無個性。通常、文面の最後に逆封洲国主の名を崩し書きする押字《おうじ》があるものだが、それがない。代わりに、崩さず書かれた署名の最後に、朱色の印が押されていた。

「国主、末和気の発案によるものです。書札や令を書くことが多く、押字を書くのが大変だということで、そのような印形を使うことにしました。国璽《こくじ》と呼んでおります」

俊秀の国主とは聞いたが、その通りなのだろう。様々な仕事を効率よくこなすために、こうした細やかな工夫もするのかと、感心した。

「祝いの言葉頂戴《ちょうだい》した。礼を言う、遠音」

顔をあげた遠音は、日織の声に肩から力を抜く。

「遠路ご苦労だった。国主が、名代として自らの母君を使者とされたお気持ちは、しかと受け取った」

そこで日織は、言葉と表情を緩める。

「大変だったでしょう、遠音。国主に命じられたこととはいえ、他国への旅は」

親しみをこめて労《ねぎら》ったのは、「たたき込まれました」と言わんばかりの強《こわ》ばった挨拶をした後の遠音が、ひとまず安堵《あんど》したのか、素の彼女とおぼしき気の抜けた様子を見せたからだ。物慣れない女が、国主の吾が子に命じられ、頑張ってやってきたという感がある。

日織の態度が意外だったのか、遠音は驚いた顔をした。

「わたくしは皇尊にお目にかかるのが、正直、恐ろしゅうございました。地大神《ちのおおかみ》を鎮《しず》めるお方ですから、どれほどいかめしいお方かと」

そこで、再びあの柔らかい笑みを見せた。

「ですが、たいへんお美しく優しげな皇尊で、ほっといたしました。わたくしには妹がございますが、年も妹とさほどお変わりにならないような」

「あなたの妹は、いくつ？　あなたは？」

「まあ……、女に年を言わせようとなさるのですか」

言われて、己のうかつさに日織は頬を赤らめた。

「これは、わたしが良くなかった。わたしはそういったことを、気にしないで育ったので。つい」

「ああ、そのように仰《おつしや》らないでください。こちらこそ申し訳ありません」

逆に遠音が慌て、頭を下げる。

「皇尊がお優しそうなので、つい軽口を。妹は二十七、わたくしはその七つ上です」

宇預と同年だ。

日織と遠音のやりとりを微笑ましく感じたのか、枢戸の側《そば》に控える采女たちの口元も、わずかにほころぶ。

「ともの者と一緒に、左宮に滞在されておいでと聞いているが。不便はないか」

「はい。充分すぎます」

「国主からの賀意はたしかに受け取った。あなたのお役目は終わられたが、長旅の疲れもあるはず。しばらく体を休めてください」

ありがとうございますと言った遠音の瞳に、直後、わずかに不安そうな色が浮かぶ。

「皇尊にお目にかかれるのは、これが最初で最後の機会なのでしょうか」

「賀意をお伝えするのが、使者殿のおつとめ。当然、これにて」

にべもない真尾に、遠音は縋《すが》るように言う。

「あの、ですが。わたくしには、少し」

「これにて」

遠音の言葉を真尾が断ち切ると、彼女は残念そうに小さく首をふった後に、「承知いたしました」と頭を下げ、

「皇尊の御代が末永く安く続かんことを」

と、儀礼に則《のっと》った言葉を口にした。

真尾と空露に目配せされ、日織は立ちあがり座を離れた。頭《こうべ》を垂れる遠音の姿を横目に簀子縁に出たが、そこで思わず立ち止まり、開いている枢戸をふり返った。

「どうしましたか、日織」

空露に問われ、日織は眉根を寄せた。

「逆封洲の使者の、あの遠音という人。賀意を伝える以外にも、わたしに言いたいことがあったのではないか？　聞かずとも良かったのか」

先を行く真尾が立ち止まる。

「あの場は、逆封洲国主から賀意を伝え聞くだけのもの。他に聞く必要はございません。さあ、皇尊。お戻り願います」

真尾は厳しく言うと再び歩き出す。それに従い歩を進めながらも、後ろ髪を引かれた。大切なことを聞かなかったのではないか。そんな考えにとらわれる。

「真尾」

再び足を止め、日織は前を行く背に告げた。

「遠音を、大桜宮に呼んでくれぬか」

信じられないことを聞いたかのように、真尾はふり返った。

「なにゆえに八洲の者を皇尊の宮に」

「話を訊《き》きたいのだ」

「しかし」

「呼べ」

有無を言わさぬ語調で命じると、真尾は嘆息し、承知しましたと言ってきびすを返す。

空露が、歩む日織に並んだ。

「気になりましたか」

「うん。あの人がなにをわたしに告げようとしたか、知りたい」

しばらく考えるような間があったものの、空露は頷いた。

「賢明でしょう、おそらく」

大桜宮に戻ると、空露に、遠音が来たら知らせろと命じて西殿へ向かう。

ここ数日暇があれば悠花の側に行ってしまうのは、不安からだ。

強い日射しに照らされる桜葉の緑が鮮やかで、それを通して簀子縁に斑《まだら》に落ちる光が、薄い緑色に染まっている気すらした。

悠花は母屋の中にいたが、開いた枢戸の近くに座り、涼みながら手習いを教えていた。

居鹿が、悠花の前にある文机《ふづくえ》に向かって筆を動かしている。

頭上一髻《ずじょういっけい》に挿した、芙蓉を模した銀《しろがね》の釵子《さいし》が涼しげだった。悠花が好む縹色《はなだいろ》の背子《はいし》も、夏に映える。唇と目元の紅も、額に描かれた花鈿《かでん》も、白い肌に吸いつくようで、さらさらと涼しげ。木陰に涼む、花木の化身のように美しい。

　それでも花木の化身でない証《あかし》に、首筋がわずかに汗ばんでいるのが人の温もりを感じさせ、日織には好ましかった。

「皇尊」

　居鹿が気づいてこちらにふり向くと、悠花は居鹿の手元をこつこつ指で叩《たた》き、今日は終わりの合図を出す。居鹿は頷き、手習いをした料紙を抱えて出て行った。

「良かったの？　やめさせて」

「居鹿はずいぶん上達したから、もう教えることはほとんどないよ。ただ、わたしに甘えに来ているのだろう。利発は利発だが、子どもっぽいところもあるね。けれどそろそろ一人前としてあつかうべきだから、もう少し経《た》ったら、もう教えることはないと伝えようと思っている。それで、どうだったの？　逆封洲国主の使者は」

「女の方だった。宇預お姉様と同じ年で、国主の母君だ。国主は誠意を示したいと、家人ではなく母君を使いに立てられたらしい。賀意を伝えた後に何か言いたげだったので、再度こちらに呼んだ。まだ龍稜から出ていないだろうから、すぐに来てくれるだろう」

「感じの良い方だったのだね」

「そうだな。うん、とても感じは良い」

と答えながら、ふとどこか、感じが良いだけではない引っかかりがあったから、遠音のことを気にかけたような気もする。

（宇預お姉様に似ていたから？）

それも違う気がした。もっと、日織の無意識に引っかかるような何かがあった。ただ初対面ながら、飾り気のない優しそうな人だと、遠音に親しみを覚えたのは確かだった。

「どうして悠花は、遠音が感じが良い人だと思ったんだ」

「日織がその人を無視できないのは、その人が印象深いから。印象に残らなければ気にもとめない。印象に残れば、悪くても気になるし、良くても気になる。そしてあなたの口ぶりから、印象は悪くないとわかる」

「あなたはなぜ、そんなに察しが良いのか」

「わたしが育ったのは、人目の多い龍稜の宮だよ。物心ついたときには既に、周囲に侍る者を欺き続けろと教えられていた。そうして己の身を護《まも》って育ったのだからね。人の挙動には注意深くなるし、その考えを察していた」

簡単に言うが、そのような生活を強いられた少年の鬱屈《うつくつ》はいかほどだったろう。

日織はその身の秘密を明かして自在になれたが、悠花はまだ縛られたままだ。そしてそんな不自由を承知で、日織と一緒にいてくれようとしているのに——。

（悠花の秘密を明かすことができれば、良いのに。そうすれば悠花は、わたしの夫とし

て）

その可能性を考える度に思い出すのは、二度目の宣儀《せんぎ》の場面。ぞっとする阿知穂足の頑《かたく》なな様子だった。そしてそれに引きずられそうになる、周囲の者ども。

あのとき龍《りゅう》が眷属《けんぞく》を呼び集めてくれなければ、おそらく日織は皇尊と認められなかった。龍に似た生き物を操り、神を欺き皇尊になろうとした遊子《ゆうし》の女として、打ち殺されただろう。

「日織。遠音殿が参られました」

いつのまにか枢戸のところに、空露が膝をついていた。

また戻ってくると悠花に言い置き、正殿《せいでん》前の庭に向かった。遠音を案内してきた采女が、八洲の者を正殿に通すべきか否《いな》かを迷い、庭で待たせているらしい。

「遠音」

桜の巨木が葉を茂らせる木陰に、遠音はぼんやりと佇《たたず》んでいた。その視線は庭を通り抜け、断崖《だんがい》となっている方へ向いていた。

青く連なる護領山の山並みが遠くに見える。一頭の龍が、護領山と龍稜のちょうど中間あたりを悠然と横切っている。彼女は、その姿に目を奪われているらしい。

呼ばれてふり返った遠音がその場に膝をつこうとするので、慌てて制した。

「そのままで良い。呼び出しておいて正殿にもあげず、庭で待たせるなど礼を欠いた」

桜葉の隙間《すきま》を通る日射《ひざ》しが、遠音の頬にちらちらと強い光を落とす。

「いいえ。こんな大きな桜の庭、初めて目にしました。青々として、美しくて、ここに通してもらえて嬉しゅうございます。しかも今、龍を見ました。綺麗な細い、銀色の」

屈託ない様子に安堵しながら、空露を従えて近づく。

「あの距離であの大きさに見えるなら、そちらの桜の幹の三倍ほども太い龍だ」

「まあ、それほどの大きさなのですか。ここから見ると、可愛らしいのに」

今一度空に目をやり、遠音は目を細めた。

「本当に龍が棲《す》むのですね、龍ノ原は。尊い国です」

悠花は、日織が遠音から受けた印象を悪くないだろうと言ったが、全くその通りだった。国主の母だというが、言葉にはそれらしい気取った様子も飾り気もなく、きさくな人柄らしい。

「こちらに足を運ばせてしまったな」

労うと、遠音はすこし困ったように柔らかく微笑む。

「皇尊がそのようにお優しいものですから、尊いお方と知りながらも、わたくしはつい、気を張れなくなってしまいます。失礼をしてしまいそうです」

「気にする必要はないので、気兼ねなく話して欲しい。あなたは先ほど、わたしに何か言いたそうにしていなかったか」

問われると、遠音は目を泳がせて逡巡《しゅんじゅん》するそぶりだったが、すぐに意を決したように視線を日織に戻す。

「申し上げるべきか、迷っていました。けれど皇尊がお優しそうで、わたくしと同じ女の身で龍ノ原の皇尊の御位《みくらい》にあり、お役目を果たされているのを目《ま》の当《あ》たりにして……お伝えしたい、と」

「なにを伝えたいと」

「逆封洲国主、末和気の憂慮を」

「憂慮？」

「わたくしは先代国主様に見初《みそ》められておそばにあがりましたが、逆封洲の津にある、小さな商家の娘でした。ですから央大地《ひさしだいち》のありようや、国同士の大きな動きなど、なにもわからないのです。けれどわたくしの子、和気は国主です。年若いながらも、母のわたくしと違い、驚くほどに様々に考え国を治めています。その和気が、なぜわたくしを使者に立てたのか……。その理由は、誠意を示すだけではないのです、きっと。大きな物事はわからなくとも吾《わ》が子の抱く憂慮ならばわかりますので、それをお伝えしたかったのです。けれど、うかつに広めて良い話でもないかもと、思い直したりも」

遠音は心配そうに、日織の背後に控える空露の方を見やった。

「この者は、わたしが兄とも恃《たの》む者だ。わたしと同じと思って良い。それで国主の憂慮とは」

表情を改め、遠音は告げた。

「附孝洲《ふのこうしゅう》におられる、不津王のことです」

この数日のうちに二度も嫌な名を聞くものだと、眉《まゆ》をひそめる。

「不津か。不津が、なんだと」

「逆封洲は荷のやりとりで、附孝洲とも深く関わっています。その関係でしょう、和気の耳に良くない噂《うわさ》が聞こえてきたそうです。不津王が皇尊の即位を不満として、未だに皇尊として認めておられないと。そして近いうちに、その」

言い淀《よど》むが、意を決したらしく続けた。

「近いうちに不津王は、附孝洲国主の助力を得て、皇尊に譲位を迫るおつもりだと」

暑い風が一陣、龍稜の下からどっと吹きあげた。それが庭を渡り、桜の枝を大きく揺らし、日織の白袴《しろばかま》の裾《すそ》を揺らし、足首が熱気に撫《な》でられる。

不津王が――立つ。

暑さとは関係のない、逆にひやりとするような汗が、軽く握った掌《てのひら》に滲《にじ》む。

（黙っているはずないと、思ってはいた）

不津は、皇尊にふさわしいのは己だと確信しながらも、日織が入道を終えたためにやむなく自ら龍ノ原を去った。

しかしその後、日織が女であり遊子であることが公《おおやけ》にされた。遊子を嫌う不津にとっては、許しがたい事実だろう。しかも不津の二人の子、能市王《おおきみ》と高千王は、日織の判断で罷免《ひめん》され、さらに舅《しゅうと》の阿知穂足までもが左の大臣を辞した。

不津は、日織が許せないはずだ。日織が皇尊の御位にあることすらも、虫酸が走るだろう。彼はどうにかして、遊子の女を御位から引きずりおろそうとするに違いない。

背後に控える空露の気配も、緊張しているのがわかった。

附孝洲の力を借りるということは、兵《つわもの》をもって龍稜に押し寄せ、日織に譲位を迫るのだろうか。兵たちが軍団となって迫れば、鳥手《とりて》がいても日織を護りきれはしない。

龍ノ原に兵はいない。

皇子《みこ》や皇女に渡される小刀はあれど、戦うための太刀すらない。

だからこそ、護領山で飛べない龍が暴れたときも、有間の力を借りるしかなかった。

（不津がそのつもりになれば、わたしの命運はつきる。抵抗すらできず）

沈黙した日織の顔色を見ていた遠音は、強い口調で続けた。

「勘違いしないでくださいまし、皇尊。逆封洲は、不津王が立たれるようなことはあってはならないと、そう思っているのです。和気は幼き頃より、龍ノ原の皇尊への尊崇の念が強うございます。『古《こ》央記《おうき》』を傍らに置いて育ったような子ですから。地大神に選ばれなければ、皇尊は御位には即けぬもの。間違いなく、あなた様が皇尊であると知っております。それを人の思惑でねじ曲げてはならないと、和気は考えているようです。だからこそ、わたしをこちらに使者として遣わしたのかと思うのです」

「どういう意味だ、遠音」

「不津王が立たれるようなことがあれば、和気はあなた様を——龍ノ原を御護りしたいのです。そのために龍ノ原と約定を結び、ことがあれば逆封洲の兵が龍ノ原に入り、お助けできるようにしたいと考えているようです」

　龍ノ原と約定を結ぶ。

　その言葉が力強く響く。

（力を貸してくれた有間のように。そういうことか）

　逆封洲の力を借りる。日織を押しつぶそうとする不津に対抗できる、それは唯一の方法である気がした。

「同じ女のわたくしの言葉であれば、皇尊は構えずに聞いてくださるのではないかと、和気は考えたのかもしれません。わたくしを使者にすれば、逆封洲国主の考えに耳を貸してくださるのではないかと。けれどわたくしには、この話をせよとは命じませんでした。なにしろ皇尊にとっては、ご不快な話ですから。けれどそれでも皇尊が、わたくしが話せるようなお方であれば、きっと和気の心は通じるはずと」

　沈黙が落ちる。

　風が吹き、桜葉が揺れ、鋭い木漏れ日が目をくらませる。首筋を汗が伝う。

　目をそらさない遠音を見つめ、日織は己を落ち着けようと二、三度深い息をした。髪に飾った芙蓉《ふよう》に、無意識に手をやった。花弁のなめらかな感触。

「礼を言う、遠音。国主和気の思いは、よくわかった。心強い」

「では、逆封洲と龍ノ原は約定を？」

「次の大殿出御で、重臣たちにはかろう。その後すぐに、約定を結べれば頼もしい」

　胸に手を当て、遠音は安堵したような笑みを浮かべる。

「重臣方にはかられて後、すぐに約定をお望みでしたら、わたくしは留まってお返事をお待ちいたします。無論、皇尊にお許し頂けたらですが」

「願ってもないことだが、良いのか」

「ええ。わたくしの帰国が遅れても、良い知らせとともに帰った方が和気も喜びます」

　穏やかに受け答えをしていたが、恐ろしさがじわじわと、日織の中で大きくなりつつあった。

不津は必ず動く。それは確信だった。

そして不津が動けば、今のままでは日織の命運が尽きる。

（逆封洲との約定を結べなければ、わたしは終わりだろう）

今この時、逆封洲国主が遠音を龍ノ原に遣わしたのは、日織にとっては僥倖《ぎょうこう》以外のなにものでもない。

「あなたが龍ノ原に来てくれて良かった、遠音」

重ねて礼を述べ、遠音を左宮《さのみや》に送るように采女に申しつけた。

正殿へと向かう日織の背に、空露が低く問う。

「どうしますか、日織」

彼の抱く危機感も声音《こわね》から伝わってくる。

「本当に不津にそのような動きがあるのか、鳥手たちを方々の国に向かわせて、噂なりとも集めさせよう。それをもって、次回の大殿出御で重臣たちにはかる。不津がなにを仕掛けてこようが、それに対処できるようにしなければならない」

言いながらも、顔をしかめた。

約定にだけ頼るのでは、いずれ龍ノ原はたちゆかなくなる。龍ノ原はこの地にふさわしく、龍ノ原としてあり続けるために、少しずつ変わっていく必要もあるはず。

しかし。

「今すぐに、他に何をどうすれば良いのか。わからない」

不安ばかりだ。皇尊の御位に即いても、それで完璧《かんぺき》な形になれるものでもない。入道して地大神・地龍と縁《えにし》を成しても、宣儀で龍と縁を成しても、突然に変われるわけではない。

「情けない。皇尊となっても、人は人でしかない。そしてわたしは、わたしでしかない」

ただの人が、どうやって国を統《す》べる者になり得るのだろうか。

そう思った時に、真っ先に思い出したのは白い髪の美丈夫。油断ならない気配があり、強《したた》かで、そして国を統べる意志と力のある男。反封洲国主の長子、伴有間。

父国主に疎《うと》まれている彼もまた、国を統べる者となるために平坦な道を歩んでいないだろう。今、何をしているだろうか。

今の日織を見て、彼ならばなんと言うか。

あなたのような者は、さっさと命を捨てて御位をおりろとでも、言うかもしれない。

そうだとしても彼の言葉を聞いてみたかった。

階《きざはし》をあがって正殿に入ると、筆を執り、有間に宛《あ》てた文をしたためた。縋るような気持ちで、「皇尊となったとしても、すぐには国を統べる者とはなれないのだ」と、愚痴めいた調子にならないように気をつけながら記した。さらに与理売はどうしているかとも、問うた。幼い子を龍ノ原から出したのが、ずっと気がかりだった。

文は鳥手の長《おさ》、馬木《まぎ》に託した。個人的な文で、政《まつりごと》に関わるものではない。しかしできるならば伴有間の手に渡るように手配してくれと頼んだ。

国主に送るような正式な書札ではない。確実に相手に届くように、人をつけるわけでもない。幾人もの人の手を介して届けられるそれは、途中で失われる可能性も高い。

それでも書いてみたかったのだ。

（有間、与理売。二人は今、どうしている）

遠い龍ノ原の地から、そう問うてみたかった。

□□□

鳥手の長、馬木に文を託された鳥手の一人は、それを懐《ふところ》に逆封洲の津にいた。

逆封洲最大の津である戸津《とのつ》は、おそらく央大地で最も栄えている港だ。突堤は石が積み上げられ、強固な造り。そこには幾隻《いくせき》も荷船が係留されて、荷の上げ下ろしをしている。津に入りきれず、沖合で待つ船もあった。

沿岸に並ぶ平たい板葺《いたぶ》きの建物は、商人たちが所有する荷置き場だ。そこから船に荷が上げられ、またそこに運び込まれる。

荷置き場から山際《やまぎわ》には町が広がり、露店の天幕が、建物の隙間を埋めるように立ち並んでいた。露店と建物の間を、多くの人が行き交う。

潮風が夏の暑さにあぶられて結晶し、游気《ゆうき》に舞っているかのように、息を吸うとどことなくいがらっぽく塩辛い。

鳥手は背中に荷物を負い、小商いをする風情《ふぜい》で突堤を歩き、反封洲へと向かう荷船を探していた。そして、「あの船が定期的に北門津《ほくもんつ》に荷を運んでいるぞ」と聞き、訪ねた船のもち主は東二《とうに》という商人だった。

「文を？　伴有間様宛に？　反封洲国主長子と知って、そう言うのか」

「へぇ。そうです」

胡乱げな東二に、鳥手は腰をかがめ、へつらう笑みを浮かべた。

東二の背後には、彼の持ち船である平底船が係留され、波の上下にあわせて船体を揺らしていた。

「わたしの知人が、そのお方にたいそうお世話になったそうで、礼の文だそうです」

差し出された文を手に取ると、東二はそれを鼻先に近づけて香りをかぐ。

東二は小柄だ。大きな商いをしているらしいが、本人は自分が雇う水夫《かこ》の肩ほどしか上背がなく、小太り。しかし目の光が鋭い。顔つきからして賢《さか》しらしい。誰かが、あの人は小さな体の全部が知恵だと言っていたのを、鳥手は耳にしていた。

鼻先から遠ざけた文を手にして、東二は頷《うなず》く。

「わかった。わたしが、お渡ししよう。伴有間様に」

請け合う言葉に、鳥手は首を傾《かし》げる。

「もしやご本人に届ける手づるがあるので？」

「ある。その代わり」

口の端《は》を東二は吊《つ》り上げ、がめついことを言う。

「これが伴有間様の手に確実に渡ったならば、あなたの知人が、わたしに礼をくれると約束してくれよ」

彼の背後で揺れる平底船の帆柱の上に、ぎらつく夏の太陽を浴びて海鳥が飛んでいた。

三章　叛逆《はんぎゃく》の宣布

一

反封洲《たんのほうしゅう》の都――正式には国府《こくふ》――の名は、大蓋《おおがい》。国主《こくしゅ》の居所であり守護の要《かなめ》である洲城が、大蓋と呼ばれるゆるやかな丘陵にあるからだった。

洲城も大蓋城と称する。

大蓋城を取り巻き丘陵の周囲を飾るように、板葺《いたぶ》き屋根の家並みが広がっており、さらに丘陵から平地へとなだらかに変化する周囲には、空堀《からぼり》が巡らされている。空堀は人の手によるもので、荒削りのその深さは人の身の丈の倍ほど。三百年前の国主が命じて掘らせ、二百年前に掘り終えたという。

遠く高みから見おろせば、広い平野に丸く切り取られた盆があり、そこに都が乗っているような景色だった。

平野の中程には太い川が流れており、流れを下っていけば河口に北門津《ほくもんつ》がある。河口一帯が北郡《ほくぐん》と呼ばれる地だ。都の大蓋から馬で半日という近さで、さらには北門津を擁しているために、他国との交易利益を享受できる、反封洲で最も恵まれた地であった。

その北郡郡主《こおしゅ》に任じられたのが、透谷《とうこく》。

北郡の南に広がる沿岸地域は南郡《なんぐん》と称され、そこを任されているのが敬谷《けいこく》。

北郡南郡ともに海に面しており、沿岸の表層には、南の海からわずかに暖流が流れこむ。そのため土の奥底まで凍りつくといわれる反封洲の冬にあって、北郡南郡は少しばかり気温も高く、雪も内陸ほど深くはならない。

都や北門津のある反封洲の東側は、人も多く住む国の要といえる地域だ。

一方、有間《ありま》が郡主に任じられた奥三郡《おくさんぐん》は、三つの郡を包括しているため広大だ。北奥《きたおく》は海に接している。しかし北奥が接する北西の海は、四季を通して冷たい海だ。央大地《ひさしだいち》のはるか北、その先に何があるのかさえ人が知らぬ遠い北の海から、年間を通して寒流が流れ入る。

反封洲の北西部は、夏でも溶けきらない凍った大地が半分を占め、央大地で最も過酷な環境と言えた。

「東はやはり、夏の匂《にお》いも違いますね、若」

小高い丘で、馬上から都の遠景を認めた有間が馬の手綱を引くと、随行した三人の若者が次々と有間の横で馬を止めた。鼻をひくつかせて一人が言うと、別の一人も「俺もそう思う」と、賛同した。

「草の匂いが力強いというのかな。草木が生き生きしている」

羨《うらや》ましげに言ったのは、北奥の生まれの者だった。

有間も配下の者たちも、額が薄く汗ばんでいた。

木陰に入れば暑さは引くのだが、太陽の下に出ると肌がちりちりと光に焙《あぶ》られる。強い日射《ひざ》しに慣れない反封洲の者たちの肌には、軽い痛みに感じられる。

それでも太陽の光は慕わしい。それがどれほどの恵みであるかを、凍てつく地に生まれた者だからこそ知っているのだ。

「壱岐《いき》はどうした」

三人の配下は有間にぴたりとついてきたが、しんがりを走っていた壱岐の姿がない。はぐれたかと危ぶんだが、すぐに背後の雑木林から馬を駆って壱岐が駆け寄ってきた。

「遅れまして申し訳ない、兄君！」

その姿に、若者三人が吹き出す。

「壱岐様！　なんたるお姿ですか」

「なんのつもりです」

「やめてくださいよ、そのようなおかしな真似《まね》は」

自慢らしく、壱岐は胸を反らす。

「きれいだろう」

壱岐の胸元には、花心が濃紅《こいくれない》で花弁が白い木槿《むくげ》の花が、溢《あふ》れんばかりに押し込まれていた。大衣《おおきぬ》の片袖《かたそで》も大きく膨らみ、そこから薄紫の木槿が顔を出している。冗談のつもりか、馬の頭と自分の耳のあたりにも、八重咲きの白い木槿が揺れていた。

「それはどうした、壱岐」

「森を抜ける直前に、花の色が見えたんです。どうしても欲しくなって」

「なかなか、押し出しがきく見栄《みば》えになったな」

「わたしも、そう思います」

壱岐がにやっとするので、若者たちがまた一斉に笑う。

「見るからに頼もしい男が、一人できあがった。心強いぞ」

腰に佩《は》いた太刀の柄《つか》を軽く握り、その感触を確かめた。鮫の革を巻いた柄には深い傷が二カ所あり、その傷跡を指でなぞれば気が静まる。ひとつ息を吐くと、命じた。

「一気に大蓋まで駆ける」

馬の腹を蹴《け》り有間が駆け出すと、壱岐と若者たちが追従する。

丘を駆け下り、雑木の中をうねる道を抜け、大蓋の空堀にかかる橋の一本を突っ切った。橋のたもとには警護の軍士が二人立っていたが、「止まれっ」と突き出した槍《やり》をものともせずに突っ込んで来た人馬の勢いに飛び退《の》いた。

軍士たちは慌《あわ》てて追って来るが、有間たちの方が速い。彼らに追いつかれる前に大蓋城の南門に到達できるはず。

（木槿は、美矢比《みやび》が好きな花だ）

壱岐が冗談めかしてそれを摘み取り集めたのは、美矢比に会えるのを期待し、そのときに彼女を笑わせるか、気を引くかしたいためにだ。同時に、己の緊張も紛らしているのだろう。

大蓋へ向けて一気に駆けていると、指先つま先から、じわじわと熱いものを感じた。有間も壱岐と同じく緊張し、そして——興奮している。

左右に連なる板葺きの軒を横目に、都の大路を走る。馬が蹴立てる砂埃《すなぼこり》が舞い、日射しを受けて薄い靄《もや》のように広がった。人々は突然駆けてきた五騎の人馬に慌てて飛び退き、道を空けた。

馬の背の激しい上下動に体をあわせていると、太刀の鞘《さや》が鳴り、腰の毛皮飾りが跳ねる。息があがらぬように規則正しい呼吸を心がけ、馬を駆る。

（時が来た）

奮い立つ心を冷静な思考で包むように、己に語る。

（わたしの手には、望みをたぐり寄せるための得物がある）

この急襲には、太刀も槍も弓矢も必要ない。必要なのはたった一つ、そして唯一無二《ゆいいつむに》の、有間の手にある得物のみ。

大蓋城の南門は開いていた。二層の構造は奥瀬《おくせ》柵《さく》と変わらないが、規模が違った。門《もん》扉《ぴ》は見上げるほどに巨大で、扉一枚は大の男が十人がかりでなければ動かない。

南門から東西に続く築地《ついじ》塀《べい》も、恐ろしく高い。都を巡る空堀の土を、そのままこちらに積みあげて突き固めたようだ。

迫る五騎の姿を二層から認めていたらしく、門前には既に三十を超す軍士の姿があった。彼らは槍の穂先をこちらに向けていたが、五騎の先頭を走る有間の姿を認めると、一様に腰が引けた。

白い髪は、誰も見間違いようがない。

ひとめで有間とわかる。

死んだとされている国主の長子が現れたのだ。軍士たちの顔に、驚きと畏《おそ》れがあった。

強く手綱を引き絞ると、馬が驚き竿立《さおだ》ちになった。それを御して有間は声を張る。

「国主伴屋人《とものやひと》が長子、有間だ！　龍《たつ》ノ原《はら》からの帰参の挨拶《あいさつ》に参じた。御前衆《おんまえのしゅう》をここへ」

同様に馬を止めた壱岐と配下三人が、すかさず有間の周囲に己の馬を配し、有間を護《まも》りながら叫ぶ。

「控えよ！」

「有間様の帰参ぞ！」

「御前衆をこちらへ！」

　軍士たちが槍を下ろし、じりじり門の方へさがりはじめると、それを掻《か》き分けるようにして一人の老人が飛び出してきた。有間一行の操る馬は未《いま》だ興奮し、しきりに足踏みし、砂埃が立つ。それをものともせずに駆け寄った老人は、有間の姿に目を見開く。

「若か……まことに……若か」

「九野《くの》。元気そうだな」

　笑顔で、有間は老人の名を呼んだ。

　老人の名は、佐々《ささの》九野。御前衆の一人であり——この老人こそが、有間を穴から救い出すべく、何年も屋人の説得を続けた人だ。先代国主を知略で支え続けた朋友であり、他国からは、「冷酷無慈悲な反封洲唯一の良心」と呼ばれている。彼は他国の俘虜《ふりょ》に対するむごい仕打ちを禁じる令を、国主に献言して作らせたのだ。

　大蓋を急襲し、まず最初に果たさなければならなかったのは、この老人、佐々九野に会うことだった。

(読み通り、大蓋にはなんの備えもされていない。父国主も、透谷と敬谷もまだ、海路を睨《にら》んでわたしの帰国を待っている)

　龍ノ原に向かうとき有間は、北門津から船で国を出た。彼らは、出国のときと同じく有間は船で帰国すると考えるはずだったし、有間も最初は船での帰国を考えた。しかし途中で変更し、陸路を辿《たど》った。

ただ、屋人も透谷も間抜けではない。

有間たちが奥瀬柵に到着するよりも数日早く、東二《とうに》の船は北門津に入っており、東二の船に有間が乗船していないのは透谷、敬谷が知るところとなっている。そこで彼らが、さては有間は陸路から帰国するつもりと感づけば、有間が奥瀬柵に戻るのを待ち構えるだろう。有間が奥瀬柵に到着したときには、屋人か透谷の手が伸びていても良いはずだった。

しかし――その気配がなかった。

欺《あざむ》けていたのだ。

屋人も、透谷と敬谷も、未だに海を睨んで有間の帰国を待ち構えているのだろう。

だから有間は、目立たない少人数で、急ぎ大蓋を目指した。

有間を殺そうと待ち構えている者どもの背後から、明るい場所に躍り出たのだ。

大蓋城には御前衆がいる。彼らの前に現れ、帰ったと告げれば、誰もおおっぴらに有間に手を出せなくなるからだ。

そして今、目の前には九野がいる。

屋人も透谷も敬谷も、もはや秘密裏に有間を亡《な》き者にはできまい。

「生きておられたのか、若」

久野の声が震えた。

「この通りだ」

「しかし国主様が、若は海難でと」

「誤報だったのだろう。誤報で父国主を哀《かな》しませた。わたしの帰参を、父国主も喜んでくれよう。ご挨拶をいたす」

有無を言わさぬ語気で告げると、騎乗したまま配下とともに門を押し通った。

城も柵も構造はほぼ同じだ。南門があり周囲が築地塀で囲われ護られている。

南側に政《まつりごと》の場である外郭。北側に生活の場である内郭が続く。

内郭の中央には正殿《せいでん》。左右に東殿《ひがしどの》、東脇殿《ひがしわきどの》と西殿《にしどの》、西脇殿が配され、さらに正殿奥には後殿《こうでん》、その背後に北殿《きたどの》。東殿西殿の傍らには、東西の高楼《こうろう》が立つ。

柵と比べ、城の規模は大きい。

柵の正殿の殿舎はひと棟だが、城は東西に三つの棟が連なる。三連の檜《ひ》皮《わだ》の大屋根は、龍ノ原の皇尊《すめらみこと》が住まう龍稜《りゅうりょう》正殿よりも大きい。

しかし、こけおどしだ。

龍稜正殿を、有間はその目で見た。

白杉柱《しらすぎばしら》の殿舎に漂う香気と静けさは、わずかでも穢《けが》すのを躊躇《ためら》われる荘厳《そうごん》さだった。

無骨な兵《つわもの》がこれを見よと言わんばかりの大仰さでつくりあげた、目の前の殿舎とは比ぶべくもない。三連の大屋根など、でかいだけの建物だ。火をかけて薪《まき》にしてやっても惜しくない。

正殿前で馬から飛び降りると、壱岐と配下三人も次々に降りる。正面階《きざはし》に向かおうと、有間を先頭に彼らが歩き出すと、九野が駆け寄って強《こわ》ばった顔で制す。

「お待ちを！　何をなさる気じゃ、若」

「言っただろう、父国主にご挨拶だ」

「国主様は、若が死んだと申したのですぞ。その意味を、おわかりにならぬ若ではありますまい。まずは吾《われ》らが国主様に若の帰参を報告し、その気を静めてから対面せねば、何が起こるかわかりませぬぞ」

九野をはじめ御前衆たちは、屋人が、機会があれば殺したいほどに有間を疎《うと》ましく思っているのを知りながら、次期国主にと推し続けていた。危ういと感じていたに違いない彼らは、有間が死んだと屋人が公言した意味も、わかっている。

「何が起こるかわからんから、こうして来た。何か起こる前に、こちらから起こして切っ先を制す」

「いかにして、制することができましょうか！」

「わたしには得物がある。なかなかに鋭いぞ」

「得物とは……いったい」

いぶかしげに九野が問い返そうとした、そのとき。

「有間！」

高い、澄んだ声が呼んだ。有間よりも早く壱岐が、声のした方へと目を向ける。

「有間！」

こちらに真《ま》っ直《す》ぐ駆けてくるのは、目鼻立ちの整った娘だ。きめ細かな白い肌、くっきりとした二重瞼《まぶた》に濃い睫《まつげ》。ふっくらとした薄紅の頰。一つにゆるく括《くく》り、肩に流した髪。肌に映える薄紅の絹の衣《ころも》に、胸高に布帯で巻いた褶《ひらみ》。褶は軽やかな薄絹《うすぎぬ》。その上にさらに、花模様が透かし織りにされた大衣を羽織っていた。

「美矢比！」

声を弾ませた壱岐が、懐《ふところ》を膨らませている木槿を手に取る。

「無事だったか！　良かった。この木槿が無駄にならず……」

彼女はそれには応《こた》えるそぶりもなく、壱岐の前を素通りし、有間のもとへ真っ直ぐやってきた。息を弾ませ有間を見あげる。

「生きていたのね、有間。わたしは信じていた。あなたが生きているって、ずっと」

縋《すが》るように強く、両の手で有間の大衣を握った。形の良い大きな目を潤《うる》ませ、美しい従妹《いとこ》が、声を震わせている。

国主屋人の姪《めい》として、屋人のみならずその息子たちからも大切にされ、反封洲が誇る、北の地に咲いた花と人が称《たた》える媛《ひめ》。紅をひいた唇も白い頬も、梳《くしけず》った艶《つや》やかな髪も、申し分ない美しさだった。

「軟禁されていたわけでも、なかったんだな。変わりなく元気そうで、良かったよ」

美矢比の背後から、壱岐がわざとのように軽く明るい声をかけたが、彼女はふり返らない。ただ有間だけを見つめ、切羽詰まった声で言う。

「生きてたのね。ああ……有間。お願い、有間」

興奮しているのだろう、有間以外のもの全《すべ》て、なにも聞こえていないらしく、見てもいない。

「もう、離れたくない。お願い。今約束をして、有間。わたしを妻にして。そうしてくれなければ、わたしは……今までの心配と不安で、この手を離せない。わたしを妻にして、二度と傍から離さないと、約束を」

感極まった声と、小刻みに震える細い肩を、有間は冷静に見つめた。

「手を放せ、美矢比。わたしはこれから父国主と対面する」

「いやよ、駄目。約束だけはして。お願い」

壱岐が美矢比の両肩に、背後から労《いたわ》るように触れる。

「美矢比、落ち着け。手を放せ。有間兄君はこれから、父国主と会わなければならないのだ。わかるだろう、放せよ」

唇を震わせていた美矢比の体から力が抜け、手が離れた。

「行くぞ」

正殿階へ早足で向かいはじめた有間の背を、美矢比はぼうっとした表情で見つめている。壱岐は美矢比の側《そば》を離れる間際《まぎわ》、「待ってろ、大丈夫だから」と一言言い置き、白い木槿を一つ、無理矢理彼女の手に握らせ、急いで有間に従う。

有間たちが履いているのは、踝《くるぶし》まで覆《おお》う革鞜《かわぐつ》だ。容易に脱げないため、そのまま階をあがり、板目を泥で汚しながら、開いた枢戸《くるるど》の中へと踏み込む。

最奥《さいおう》に一段高く座がもうけられ、背後に几帳《きちょう》が立てられている。国主の座だ。縁飾りをつけた大きな藁蓋《わろうだ》には、誰も座っていない。

「父上、有間が帰参のご挨拶にあがりましたぞ」

いないのを承知で声をあげ、座の正面に胡坐《あぐら》をかいて座った。

背後に、壱岐と配下三人が膝《ひざ》をついて控えると、さらに右手側に九野がやって来て座る。と、間を置かずに二人の老人が駆け込んできた。九野と同じく、御前衆を務める二人だった。

一人は、九野よりもさらに十ばかり老《ふ》けている。先代国主の異母弟である、伴安人《やすひと》。国主屋人の叔父であり、閑戸《かんど》郡の郡主も兼任する者だ。

今一人は、九野と同年代の隻《せき》腕《わん》の老人。先代国主の元で大将として軍団を率いた兵で、蘇門《そもんの》真壁《まかべ》という。腕を失い戦に出られなくなった彼は御前衆に任じられたが、その時、腕一本で御前衆になれれば安いものだと笑ったという剛の者だった。

彼らは有間の姿を認めると、信じられないものを見た顔になったが、さすがは御前衆。九野と目顔で何かを語り、並んで腰を落とす。

正殿の簀子《すのこ》縁《えん》が騒がしくなり、東の枢戸から十人ほどの家《け》人《にん》が入ってきた。彼らの中心には、中年の女に抱えられ、土気色の顔色をした老人がいる。よろめく老人を女が支えているが、力が足りないらしく、家人が杖《つえ》のように肩を貸していた。

有間は目を細める。

（まだ生きているな）

この老人の息があるうちに、有間は国主の座につきたかった。歯《は》噛《が》みして悔しがる彼をせせら笑いながら、病身の彼がさらに打ちのめされるような仕打ちをしたい。

この老人――父、伴屋人が、絶え間なくじわじわと苦しむ報復がしたい。

倒れ込むように国主の座に辿り着いた屋人は、挟《きょう》軾《しょく》にしがみついて顔をあげた。甲《か》斐《い》甲《が》斐《い》しく屋人の傍らで衣を整えているのは、濃《のう》見《み》という。透谷と敬谷の母だ。

節の目立つ、細った指が有間を指さした。肉を巻き込むように曲がった爪《つめ》は分厚く、黄色く変色している。

「有間……なぜここに」

「帰参のご挨拶に参りました、父上」

大仰に頭をさげると、許しも得ずに顔をあげた。

「わたしが海難で死んだと誤報があったらしく、まことにご心配をおかけいたしました。しかしご安心ください。傷一つなく、無事でおります。御前衆もこうして、わたしの帰参を喜んでくれております。無事に帰りましたからには、次期国主として父上のお役に立つ所存にございます」

屋人に追従してきた家人十人は、国主の座を護るように傍らに控えていた。彼らは、恐れ気もなく「次期国主」と口にした有間に、身の程知らずと言いたげな蔑《さげす》みと嫌悪《けんお》の視線を投げた。

ぐぅっと、屋人の喉《のど》が鳴った。悔しさに漏れそうになった声を、呑《の》み込んだのだろう。

「……透谷じゃ。次期国主は、透谷じゃ。誤報であったろう。おまえの死の知らせは、誤報……だったかも、しれぬ。しかし。しかし誤報があった間に、御前衆の合議がなされ、国嗣《くにつぎ》は透谷と決まった。おまえは次期国主ではない」

痰《たん》の絡《から》む声で言うと、屋人は御前衆に顔を向けた。

「そうであろう。定まった国嗣は、容易に変えることなどできぬだろう、御前衆」

九野がすかさず片膝を立て、顔を伏せながら口を開く。

「畏れながら。確かに、簡単に変えられるものではありません。しかし誤った知らせによって決まったもの、やはり誤った判断と」

「ならん！　認めぬ！」

九野の声をたたき落とすように、屋人が怒鳴る。

「決まったものは、決まったものじゃ！　政の決まりは、ねじ曲げてはならん。人がその時の気まぐれでねじ曲げては、政は立ちゆかん。決まったものを覆《くつがえ》せるのは、神くらいしかおるまいが！」

「左様です。国主様のお言葉通り、合議で決まったもの」

「御前衆も承知なさった。いまさら決まったものを覆されるのか、御前衆。御前衆も神にあらずば、そうはいくまい」

屋人に追従する家人たちが、かさにかかって声をあげた。

「なるほど。神か」

ゆっくりと有間は膝立ちになった。怒気に上気した屋人の顔色は、赤黒い。それに視線を据え、薄く笑う。

「ならば上々」

屋人から目をそらさず、低く告げた。

「神は、わたしこそが反封洲次期国主とお認めです」

「この畏れしらずめ。神の名をもちだすとは。つけあがるでない、白邪《はくじゃ》！」

こらえきれず、有間は思わず声を出して笑った。笑いを治めると、ぎょっと身を引く屋人を睨《ね》めつけ、懐から書札《しょさつ》を取り出した。それを手に立ちあがり、たたまれた書札をひと息に開く。

進み出ると屋人の前に立ち、両手で捧《ささ》げ示す。

書札に染《し》みこんだ白杉の香りが、游気《ゆうき》にのって広がった。

「お目にかけよう。これは龍ノ原の皇尊より賜りし書札。ここに何が書かれているか」

白杉の香気と、絹のように光沢のある美しい料紙は、反封洲にはないもの。

御前衆のみならず、壱岐も配下の三人も、腰を浮かせて身を乗り出す。全ての視線が、書札に注がれた。

「それは龍ノ原の！　なんということ。反封洲に皇尊の書札がもたらされるなど」

屋人は若い時分から地大神《ちのおおかみ》を手篤《てあつ》く祀《まつ》っている。地大神と縁《えにし》を成す皇尊の書札など、屋人にとっては神威が形になったに等しかろう。目を潤み輝かせ、床に手をつき身を乗り出し、もう一方の手で書札を摑《つか》もうとした。

「触りめさるな！」

鋭く制した。

「これは、わたしに下された書札。父上とてお手を触れてはなりません。這《は》いつくばって、ご覧あれ」

「な、なんと。なにを。無礼な」

「無礼？　皇尊の書札を前に、無礼と言える者は央大地にありますまい。さあ、ここに何が書いてあるか、這いつくばって、その目で確かめられよ。さあ」

伸ばした手を床につき、屋人は両手で己が体を支えて身を乗り出す。それは有間の言うとおり、這いつくばるような形になった。

（そうだ、這いつくばれ）

有間は内心笑った。

（許しを請《こ》うように、無様に這いつくばるがいい。おまえが白邪と呼ぶ、わたしの前に）

紙切れ一枚の前に這いつくばる滑稽《こっけい》な姿に、暗い喜びがわきあがる。

「国主様！」

屋人の傍らに膝をつく濃見が押しとどめようとしたが、彼はそのままさらに首を伸ばし、食い入るように書札の文字を目で追う。

読み進めるにつれ瞼《まぶた》が押しあがり、濁った目が飛び出しかねないほどになる。唇が震え、何か言いたげに微《かす》かに動く口の端《は》に泡がたまる。

「ありえぬ、その……、そのようなこと。ありえぬ」

読み終わると、屋人はその姿勢のまま呟《つぶや》く。

「何が書いてあったか、ご覧になっただろう」

手にある書札を、その場にいる者どもに示すようにぐるりと巡らせて示した。

「これは龍ノ原の皇尊の手による書札。ここには伴有間こそ反封洲次期国主にふさわしいと書かれている。地大神と縁成す皇尊の言葉は、神の言葉に等しい。神がわたしを、反封洲次期国主と定めたのだ」

壱岐の頬が紅潮した。「なんてことだ！」と声をあげ、隣に座した有間配下の者たちは、ただひたすら驚いて有間を見つめている。書札のことは、自らの配下にすら伝えていなかったのだ。

御前衆は互いに顔を見合わせ、「信じられぬ」と、笑顔をこぼした。

それと同時に、濃見が悲鳴をあげた。

「信じませんよ、そのようなこと」

その声にひっぱたかれたように、「莫迦《ばか》な」「何かの間違いだ」と、国主の座の傍らにいる家人たちが腰を浮かす。

「間違いではない。皇尊の書札には、わたしが次期国主にふさわしいと、間違いなく書かれている」

「いいや、いいや。違う！」

有間の言葉に、屋人が激しく首を振った。まばらな灰色の髪が乱れ、額や頬にべたりと張りつく。

「違う。違う。国嗣は、透谷じゃ。おまえではない」

「何が違う！　ここに何が書かれている！　ご覧になったろう。何が書いてあった」

「そ、それは」

「仰《おつしや》られよ、何が書いてあったか！」

「い、い、言わぬ、言わぬ、言わぬ！　おまえではないのじゃ。違う！」

痙攣《けいれん》するように体を震わせ、屋人が傍らの濃見を押しのけ、有間につかみかかろうと、膝で跳ねるそぶりをした。有間は数歩飛び退く。屋人が無様に肩から床に倒れ、呻《うめ》き、それでも首をねじって有間を睨《にら》みあげた。

「おまえは違う。国嗣ではない。違う」

「ご覧あれ、皇尊の言葉」

見せつけるように、書札をかざす。屋人が首をすくめ体を丸めて叫んだ。

「嫌じゃ、見とうない！　嫌じゃ」

「ご覧あれ！　さあ！」

認めたくない事実を突きつけられれば、屋人がどれだけ口惜《くや》しさと憎悪と絶望で、内心のたうち回るか。それを充分わかっていた。残酷な確信で迫った。

「皇尊の書札ですぞ！　あなたが尊び敬うものが、なにを言っているのか、ご覧《ろう》ぜよ」

「嫌じゃ。違う」

「違いませぬ！」

呻けと、有間は足下で丸まった屋人を見下ろす。これしきの苦しみ、軽いものだろう。

（おまえは知らないだろう。髑髏《どくろ》になった母を見て、生きているよりこの方が苦痛が少ないと安堵《あんど》している己に気づき、それに気づいても、なにも感じられなくなるほど感情が干涸《ひか》らびてしまうことを）

駆け寄ろうとする家人たちを、「近寄るな！」と制し、睨めつけた。

「わたしは、父国主に皇尊の書札をご覧に入れているのだ。おまえたちは控えおけ！」

有間の手にある書札は、ただの紙だ。しかし人によっては鋭い切れ味の得物になり、それが屋人を突き刺している。

深く刺されと、胸の内で願う。

（絶望に馴染《なじ》みすぎて全てを恐れ、絶望の淵《ふち》から一緒に出ようと伸ばされた手すらも恐がり、拒絶する。それほどに人の心が壊れることも、知るまい）

穴の底で、ずっと有間の傍らにいた澄んだ目の老人。有間は助けあげられるとき、その老人と一緒に穴から出ようとした。しかし「一緒に穴の外へ行こう」と伸ばした有間の手を、老人は悲鳴をあげてふり払った。それが救いであるにもかかわらず、救いさえも恐がり、岩陰に逃げ込み、てこでも動かなかった。怖い怖い、とだけ言っていた。あの澄んだ瞳《ひとみ》のどこかが壊れているのだと、最後の最後に知った。

壊れそうな有間を、その一歩手前で支えてくれていたのは、絶望の果てにどこかが壊れてしまった人だったのだと知ったとき、哀しみよりも怒りを覚えた。

こんな国は、どんな手を使っても変えなければ怒りが治まらない。

穴に落とされた、何百という者たちの苦しみに比べれば、今の屋人に突き刺さるものなどかすり傷だ。

もっと苦しめばいい。

屋人にとっては、生きていることすら厭《いと》わしいだろう有間が、国主となる。そして屋人は、己の思惑が全て砕かれ、己のものと信じていた全てを奪われる様を見れば良い。

残酷な父を踏みつけにし、その彼がなしえなかった、人が飢えない、有間が望む国を造るのだ。有間の造る国が美しければ美しいほど、潤えば潤うほど、有間の喜びは大きくなり、屋人の屈辱と絶望は大きくなるだろう。

「この場で宣布させて頂こう」

這いつくばる屋人に、有間は傲然《ごうぜん》と言い放った。

「わたしが、次期国主だ」

二

休むことなく、一気に駆け抜ける。

それが当初からの計画であり配下にも言い含めてあったので、有間は一切の躊躇《ちゅうちょ》なく、全力で大蓋城から奥瀬柵へ馬を駆った。

途中で二度馬を乗り換えたが、それも事前に手配済みだった。

激しい馬の上下動に耐えるために、常に全身の筋肉は緊張していた。さらに夏の日射しは強く、照り返しも強い。呼吸を乱せばすぐに息苦しくなる。

腰の毛皮飾りをはずして鞍《くら》に括り、代わりに脱いだ大衣を腰に巻いた。衣も片肌脱ぎで、素肌をさらす。それでも汗が、次から次に流れる。

乾いた砂を蹴立て、馬も荒い息で走り続けていた。

(鏑矢《かぶらや》をこの手で放った)

息を乱さないように馬を操り、体を御しながら、口元に笑みを浮かべていた。

これから何が起こるかわからないが、いっそ清々した気分だった。

(もはや後戻りはできない)

屋人や透谷が有間を亡き者とする策を練り、それを実行した時点で、有間には彼らと対決する未来しかなかった。

屋人の前に生きて姿を現し、龍ノ原の皇尊より賜った書札をたてにして、自らが次期国主と宣言する。その場は混乱するだろうが、肝心の屋人は、皇尊への畏れですぐに動けまい。警戒すべき透谷と敬谷は、有間が大蓋に現れたのを知るよしもなく、北門津で海を睨んでいる。

そこで御前衆たちに有間の健在を示し、有間が次期国主となる正当性を示せれば、目的は達成される。

透谷と敬谷が泡を食って大蓋にやってくる前に、有間は奥瀬柵へと戻る——それが有間の計画した、急襲の筋書きだった。

これから有間を次期国主に推す御前衆一派と、屋人を筆頭に、透谷を次期国主に据えたい一派との衝突が始まる。大蓋城内部では既に、御前衆と屋人の意をくむ家人たちが、有間の処分を巡って激しく対立しているはずだ。

大蓋城の意思が統一されるのは難しいはずで、すぐさま国の意思として有間を討ちに出てくる可能性は低い。

となれば必然的に、透谷もしくは敬谷が屋人の意をくみ動く。

透谷敬谷の支配する郡と、有間の支配する郡の、郡同士の戦となる。国と郡の戦いとなれば圧倒的な力の差が出るが、郡同士ならば対等に戦える。

唯一、有間の計画に組み込まれていなかったのは美矢比の存在だった。彼女は奥瀬柵に戻る有間とともに行くと、彼にしがみつき泣いた。

少しでも早く奥瀬柵に戻り、屋人や透谷たちに対抗する準備をするつもりだった。そのために俊敏に動ける若者をともに選んで来たのに、足手まといの美矢比を連れて帰れない。彼女の手をふりはらう有間の代わりに、壱岐が声をあげた。「わたしが美矢比を馬に乗せ、駆ける。皆に遅れはしない」と。

もめている暇《いとま》が惜しかった。

壱岐の好きにさせて、有間は斟酌《しんしゃく》せずに馬を走らせた。

当然遅れがちにはなったが、壱岐は美矢比を自分の馬に乗せて必死についてきた。美矢比も泣き言一つこぼさず、壱岐の腰に手を回し、歯を食いしばっていた。

「有間様のお戻りだ！」

ぐんと背丈がのびた双夏《そうか》麦《むぎ》の青がそよぐ向こうに、奥瀬柵南門が見える。南門二層で見張りに立っていた軍士の声が遠く聞こえた。門は開かれていた。

有間たち一行が南門に駆け込むと、待ちかねたように柵の者たちが集まってきた。鞍を下りると、すぐに誰かが馬の轡《くつわ》をとり、息のあがっている有間の前に、竹の器に入った水を差し出す。受け取って一息に飲み干すと、自分に続いて門を入り、馬を下りた配下たちをふり返る。

「皆、よく走ってくれた。礼を言う」

疲れた様子ながら、配下たちは笑顔で応え、各々《おのおの》に差し出された水を手にすると、よろけるように日陰に移動して座り込み、水に口をつける。

彼らが三杯目の水をおかわりする頃に、壱岐と美矢比を乗せた馬が門を潜《くぐ》った。

「まあ、美矢比様」

「よくお帰りくださいました」

「御髪《おぐし》が」

鞍から滑り落ちるようにして地面に立った美矢比に、女たちが寄り集まって体を支える。壱岐は女たちに「美矢比を頼むよ」と明るく声をかけ、自分は殿舎の陰にへたり込んだ。水を満たした竹の器を、有間は壱岐に差し出す。

「飲め。干上がるぞ」

「ああ、ありがたい」

弱った笑顔で器を受け取った。

「なぜ連れて帰った。父国主も透谷も、美矢比には無体な真似はしない。大蓋に置いておいても、良かった」

「美矢比が帰りたいと言うのですから。無視するのは可哀相《かわいそう》でしょう」

汗だくで壱岐は笑う。美矢比を連れ帰った自分に満足しているらしい。

「兄君！」

鞋《わらじ》を履いた足先を砂埃で真っ白に汚して、与理売《よりめ》が飛び出してきた。驚いたことに、正殿の簀子縁の下から、腰をかがめて野鼠《のねずみ》のように。

「お帰りなさいませ、兄君」

有間の腰にしがみつき、日射しにあぶられて赤く日焼けした顔で見あげてくる。その手にはしっかり、弓と矢の玩具《おもちゃ》があった。

「帰ったぞ、良い子にしていたか。大路《おち》はどうした」

「暑くて目を回してる。わたしを追いかけ疲れたんだって。勘弁してくださいましって、言われた」

思わず吹き出す。

「頼もしいな、龍ノ原の媛。期待した以上だ」

「有間」

女衆の肩を支えにして美矢比が近づいてきたので、与理売は警戒の色を浮かべて有間の背後に隠れた。

「その子、誰？　有間のことを兄君って」

「龍ノ原の皇尊から預かった媛だ」

「男の子じゃないの？　てっきり……あっ」

突然、与理売は身をひるがえした。馬を引いていく馬従《ばじゅう》たちの方へ走り、姿が見えなくなる。

「ここに慣れていないみたい。龍ノ原の子ですものね。有間が兄君なら、わたしが姉君になってさしあげようかしら」

「美矢比」

厳しい声で呼ぶと、彼女の表情が緊張した。有間に何を言われるのかと、身構えている。しかしその横顔には、何を言われてもここにいると言いたげな頑《かたく》なさも見えた。

「なぜ奥瀬柵に戻った。これからどうなるか、知っているのか」

「……知っているわ」

肩を借りていた女衆に縋るのをやめて、美矢比は姿勢を正して立った。

化粧は落ち、艶やかなはずの髪もぱさつき、白い頬にも薄く砂埃がついていた。それでも整った顔立ちは損なわれない。印象の強い、くっきりとした二重の目も変わらない。

疲労し、汚れても、北に咲く花と呼ばれる媛は美しい。

壱岐は目を細め、毅然と有間の前に立つ美矢比を見あげている。

有間は美矢比を美しいとは認識するが、感情は動かない。

「わたしは、知っていて奥瀬柵に戻ったの。有間は次期国主になると宣言した。御前衆と半数の家人たちは歓迎するし、味方になってくれる。けれど国主様と透谷と敬谷、その人たちに従う半数の家人は、有間を力で排除しようとするでしょうね」

「それがわかっていて、なぜ来た。わたしの首を狙《ねら》って、奥瀬柵に軍が攻め寄せるかもしれん」

「有間は、皇尊の書札をもっているのよ。正しく次期国主は有間なのだって、大方の者を納得させられる。国主様たちの方が間違っていると言えるわ」

「正しかろうが、間違っていようが、勝つ者は勝つし、負ける者は負けるぞ」

「有間は負けないわ。書札の噂が広まれば、分が悪いのは国主様の方よ。じわじわ有間に味方する者が増える。そうすれば有間は勝つし、有間が国主になる」

綺麗《きれい》な目を、真っ直ぐ見た。

（なるほど。美矢比は、よくわかっている）

それを確信した。

「さっきの子は、与理売という。姉君になってやれ」

きびすを返し正殿へ向かう有間の背に、美矢比の弾んだ声があたった。

「ええ！　ええ、有間！」

良かったなと言う壱岐の声に、嬉《うれ》しげに応じる美矢比のやりとりを聞きながら、有間は彼らから遠ざかった。

己は一顧だにされないのに、壱岐が美矢比の気持ちをくみ手を貸すのは、どうしてだろうか。

（壱岐は莫迦ではないし、善良なだけでもない）

母の出自が俘虜であったために、父国主や兄たちから、壱岐は長年軽《かろ》んじられ蔑まれてきた。彼はそれを冗談と快活な笑顔でやり過ごした。父国主や兄たちはそんな壱岐を「侮蔑《ぶべつ》も効かぬほどの莫迦者」と、とらえていたようだ。しかし実は真逆だ。その方法を選べるだけの忍耐強さと理性と知性が、壱岐にあったのだ。

本物の莫迦者ならば、穴から帰った有間を慕いはしないだろう。堪え忍んできたからこそ、有間に共感したのだ。

そして血の繋《つな》がった者たちから侮蔑され続けた者が、恨みや憎しみを抱かないでいられるはずはない。ただ善良なだけの、幸せな思考でいられるはずもない。

（となると、美矢比へのあれこれは壱岐の策か）

今は気にとめられていなくとも、辛抱強く美矢比の気を引き続けていれば、いずれ自分を見てくれるだろうと――、それを期待してのことか。

どちらにしても有間には、理解できない心情だ。そもそも色恋というものが、理解しがたい。皇尊に向かって妻になってくれなどと口にしたが、ただの戯《たわむ》れだ。

穴の底で目にし、体験した色恋に似たものは、暴力と変わらなかった。有間はそれに嫌悪しか抱けない。理解できようはずがない。

□□□

ぴゅっと音を立て、矢が游気を裂く。

有間が作ってくれた弓と矢は、よくできている。しっかりとつがえて狙い定めて矢を放てば、小鳥ほどの大きさのものならば射落とせるのだ。

有間が留守の間に側にいてくれた若い男がそう教えてくれてから、与理売はいつもそれを持ち歩き、矢を放ち、失敗しては拾いに走り、放っては失敗し拾い、を繰り返していた。

数日経《た》って初めて小鳥にあたった。

地面に落ち、矢が突き立ち、無残に羽ばたきもがく小鳥を見て、すくんだ。

ひどいことをしてしまったと思い涙ぐんでいたら、あの若い男がやってきて、小鳥に刺さった矢を強く押し込んで絶命させ、また引き抜いて矢を与理売の手に戻した。「無《む》闇《やみ》に殺してはいけませんよ」と言った。そして「でも、あれならば好きなだけ射落としてください。皆が助かります」と、彼が指さしたのは、柵の築地塀に並んでいる茶色の小鳥の群れだった。羽が小さいため飛ぶのは苦手な鳥らしく、築地塀の上を群れで右往左往している。

その鳥は、杙《くい》というらしい。隙《すき》を見つけて地面に下りると、群れで犬猫を襲ってつつき回し血を吸う。ときに人も襲われ、痛い目にあうと。

その日から杙を追い回した。射落とせる回数が増えた。

何羽撃ち落としたと有間に報告すると、彼は「頼もしい媛だな。頼むぞ」と喜んで、与理売の頭をくしゃっと撫《な》でてくれる。

それとは逆に美矢比は、与理売が杙を射落とすと、眉《まゆ》をひそめた。

「可哀相だわ、いくら杙でも。遊び半分に殺すのは可哀相」

むっとして、言い返した。

「じゃあ、杙に目を突かれても良いんだ！　美矢比は」

大路が「媛様、失礼な」と慌てて制止した。美矢比は「いいのよ」と、優しい困った顔をしたが、それがまたしゃくに障《さわ》った。美矢比はとても綺麗だ。そして有間が好きなようで、頻繁に彼と一緒にいる。与理売が杙を射落とした数を報告に行こうと彼を探していると、たいてい彼女が有間の近くにいた。

だから嫌いだった。

今日も三羽の杙を射落とした。有間に報告しようと、濃い橙色《だいだいいろ》の斜陽に照らされる柵の中を歩き回ったが、姿は見えなかった。

（どこへ行っちゃったのかな）

好き勝手に走り回っている時は気にならないのに、有間の姿を探して見つけられないと、急に不安になる。

置き去りにされたかもしれない――また。

有間はそんなことはしないと、わかってはいる。しかし小さな頃から幾度も、父や母に置き去りにされた経験のある与理売の心が怯《おび》えるのだ。

外郭、西楼の陰に膝を抱えて座り込んで、廝《かしわで》たちが厨《くりや》から炭を入れた石の器をもって出てきて、殿舎《でんしゃ》へ行くのを見ていた。

反封洲《たんのほうしゅう》の夏の夜は、時に震えるような冷風が吹くことがあるそうだ。そんなときはすぐに火がつく麦わらを燃やして母屋《もや》を暖めるらしく、火種として炭を用意しておくという。熱した炭は十刻以上も燃え尽きることがないので、寒くなればそれを麦わらに突き込む。双夏麦は油気が多い。麦わらであれば、炭で簡単に火がつく。

役目があり働く人たちは、生き生きしている。それをうらやましく眺めていたら、美矢比が来た。

「どうしたの、こんなところで。中へ入りましょう」

彼女をなるたけ見ないようにして、鞋の先から飛び出した、汚れた足指をもじもじ動かす。

「瓜《うり》があるの。甘いわよ。廝に切ってもらいましょう」

誰かにもらったのか、彼女は黄色い楕円《だえん》の瓜をひとつ抱えている。

日が沈むのを惜しむように蟬《せみ》がしきりに鳴いていた。美矢比が目を細める。

「奥瀬柵の涼鳴《りょうめい》は格別だわ」

「兄君は？」

「兄君？ 有間のこと？ まだ戻らないわ。有間は忙しいの。いつ国主《こくしゅ》様たちが攻めてくるかわからないから、その準備で大変なのよ。だから有間の迷惑にならないようにしないとね、あなたも」

抱えた膝に顎《あご》をつけ、じりじりと頬を焼く照り返しの強い、砂埃の立つ地面を見つめる。

「龍ノ原に帰りたい？ 寂しい？」

与理売が故郷を恋しがっていると思ったのか、的外れなことを問われた。

龍ノ原は懐《なつ》かしいが、今の方が楽しかった。

当然、居鹿《いしか》に会って話がしたいとか、皇尊と悠花の顔をもう一度見たいとか、ともだちになった龍《りゅう》にまた会いたいとか、そんなことは時々思う。不思議なことに、祈社《きしゃ》にいるときあれほど慕わしいと心がねじれるようだった父と母のことは、龍ノ原を出てから気にならない。よくよく考えれば、父と母と過ごした時間より居鹿や護領衆たちと過ごした時間の方が長い。一緒にいた時間が長ければ長い人ほど懐かしいのは当然だ。皇尊や悠花、龍に会いたいのも、優しくされたから当然だ。

父と母のことが気にならなくなると同時に、龍ノ原にしがみつくような気持ちが薄れていた。

反応しないでいると、それを肯定と受け取ったらしく美矢比は続ける。

「でも、仕方ないわよね。与理売は悪い子だから、龍ノ原から出されたんでしょう。だったら我慢して」

「違う！」

立ちあがって怒鳴った。

「わたしは悪い子じゃない」

「でも悪いことをしたから、皇尊は」

「悪いことをした。悪いことをしたけど、悪い子じゃない！　だって皇尊が、わたしを良い子って言ったのだもの」

悪いことをしたのは、わかっていた。けれど与理売は悪い子だから、悪いことをしたのではない。

良い子だけど――悪いことをしてしまった。

そのため皇尊は与理売を有間に預けた。けれどいつか、やってしまった悪いことの取り返しができたら、龍ノ原に戻って皇尊に会えるのだ。だから皇尊は、また会おうと言ってくれたのに。

「美矢比、だいっきらい！」

叫んで、橙に染まる景色の中へ駆けだした。

□□□

「おかしいと思いませんか、有間兄君。父国主も透谷兄君も敬谷兄君も、動く気配がない」

問われ、有間は頷《うなず》く。

吾こそ次期国主と有間が宣言し、早十日。

屋人や透谷たちが本気になれば、数日のうちに軍団を整える。そうすればすぐに奥瀬《おくせ》柵《さく》に攻め入り、有間の首を取りに来ると予想していた。

だが未だに動きがない。大蓋《おおがい》も北門津《ほくもんつ》も、軍団の準備は整えられている。しかしそのまま動かないと、奥瀬柵から探りに出している者たちからの報告があった。

「なぜでしょうか、兄君」

「……何かを待っているのか」

自分で「待つ」と口にしながら、それも不可解だった。

大蓋と北門津には、兵糧《ひょうろう》も軍士も充分に備えてある。有間たちのように、奥三郡《おくさんぐん》の民に助力を仰ぎ、軍士となる正丁《せいてい》を集めて急ごしらえの軍団に仕立てなくとも良いのだ。国主派と御前衆《おんまえのしゅう》派の対立で、大蓋の軍を動かせない可能性はある。しかしそうであれば、北門津のみで動いても良いはず。数を頼みにしようと、大蓋の軍が動けるのを待っているのだろうか。しかしそれを待っていては、迎え撃つ準備を終える猶予《ゆうよ》を、有間に与える。

（軍団も整っている。あとは進軍するばかりだろう。わたしに時を与えてまで、それで何を待つ）

馬を操りながら、壱岐とともに南門を潜る。左手側からきつい斜陽に照らされ、頬と手の甲が熱にさらされた。ひどく眩《まぶ》しくて目をすがめた時、西側から大殿の正面を横切り、簀子縁の下に飛び込む小さな影を認めた。

「あれは与理売ですか？」

と言って簀子縁の下に向きかけた壱岐の視線が、西側の庭へ引き戻される。

「美矢比？」

与理売を追ってきたらしく、瓜を抱えて走ってきたのは美矢比だ。有間と壱岐を認めるとばつが悪そうな顔になり、歩調を緩めて近づいてきた。

「お帰りなさい、有間、壱岐」

有間と壱岐が鞍を下りると、馬従がすぐさま馬を預かっていく。

「どうした。与理売に何かあったか」

「与理売には、なにもないわ。ただ、わたしは彼女に嫌われているみたい。大嫌いって、言われた」

「子どもの言うことだよ。気にするな」

笑って、壱岐は美矢比の背を撫でる。

慰めて欲しそうにこちらを見やった美矢比に、有間は言い放つ。

「姉君になると、自分で決めたのだろう。仲良くできるようにつとめろ。与理売さえ承知すれば、いずれわたしの養子にするかもしれない。そうなれば、与理売はわたしの子だからな」

「養子にするのですか、兄君」

「与理売が、わたしの子になるのを承知すればな」

それはここ数日、考えていたことだった。

ぐんぐん頼もしくなる与理売が、面白かったのだ。彼女には龍《たつ》ノ原《はら》よりも、この過酷な地の方が似つかわしいように思う。いっそこの地に骨を埋《うず》めろと、言ってやりたい気もした。

しかし与理売は皇尊の血統に繋がる媛だ。いずれは龍ノ原に帰るだろう。すぐではないだろうが、必ず——。とはいえ彼女がもし、そこその年月をここで過ごしても良いと言うならば、龍ノ原から預かっているというあやふやな状態ではなく、しっかりとした立場を与えてやりたい。

「養子なんて、妻ももってないのに。子ができたら、血の繫がらない養子なんて肩身が狭いだけだわ」

　有間の考えは、思いもよらないことだったのだろう。びっくりした顔をした後、美矢比が肩を怒らせた。有間は鼻で笑った。

「血が繫がっていても、肩身は狭い。それどころか殺されそうにもなるぞ」

　はっと口元に手をやった美矢比に、良い機会だと、ついでに言う。

「わたしは妻をもつ気はない。子も成そうとは思わない——というよりは、子を成せない。美矢比が気にすることは、わたしにはあてはまらない」

「え、待って」

　その場を離れかけた有間の手を、美矢比が摑む。

「妻をもたないって、どうして？　わたしを妻にしてくれるのじゃ、ないの」

「いつわたしが、おまえを妻にすると言った」

「言ってない。言ってないけど、わたしは有間の妻にしてほしいと、何度も」

「わたしには、その気がない」

「じゃあ、国主になったらどうするの。後継は」

「後継は、その時にふさわしい者がなれば良いだろう。皇尊《すめらみこと》でもあるまいし、わたしの血を継ぐ者や、伴氏の血を継ぐ者が後継である必要はない」

あまりの驚きのためにか、美矢比の手から力が抜けた。

ぽかんと口をあけた壱岐と、呆然《ぼうぜん》としている美矢比をその場に残し、有間は正殿《せいでん》の東側へ向かい、簀子縁の下をのぞき込む。

「与理売。出てこい」

暗がりから返事はないが、気配でいるのはわかる。

「出てこい」

ざりざりと土の上を這《は》う音がし、涙に濡《ぬ》れた顔がのぞく。頬に流れた涙の筋に、砂がこびりついていた。

「兄君。わたしは悪い子?」

「皇尊は、なんと言った」

「良い子……って」

微笑して手を差し出す。

「では信じろ。おまえは強いのだろう」

有間の手を握った小さな手は、夏の光を吸い込みすぎたように熱かった。手を引いて簀子縁の下から引き出し、立たせ、膝についた砂埃《すなぼこり》を払ってやる。

「若」

龍ノ原まで同行した、長年仕えてくれている配下が、戸惑い顔で近づいてきた。

「どうした」

「東二が、参っております」

さすがに有間も目を見開き、配下をふり返る。

「なんだと？　東二とは、あの」

「はい。逆封洲《さかのほうしゅう》の商人です」

逆封洲から反封洲に帰国するさいに、利用した商人だ。驚いたのは、船で荷を運ぶ商人が、商売と関わりのない、貧しい奥三郡にやってくる理由がないからだ。

三

「ご無沙汰《ぶさた》をしております、伴有間様。奥三郡は久しぶりですが、やはり趣深いですなあ。骨喰《ほねはみ》は多いし、杙に耳たぶを突かれるし」

小柄でふっくらとした体軀《たいく》の東二は、甲高い声でぺらぺらと喋《しゃべ》っていた。

「北門津の二つ手前でわたしの船を下りられましたが、その後は大丈夫で……ああ、いや。今まさにお元気な姿を拝見しているのに、間抜けな質問ですな」

ぺちんと額を叩《たた》き、何が面白いのか、はははっと笑う。

奥瀬柵の正殿は、杉柱の簡素な造りだ。

整然と並ぶ柱は太いが、所々にえぐられた傷がある。過去に幾度か隣国の蹂躙《じゅうりん》を受けたさいにつけられたものだった。

奥瀬柵は窪地《くぼち》にある。

有間が奥瀬柵を預かる五年ほど前。隣国に攻め入られ、柵の者のみならず里郷《りごう》の者までが虐殺《ぎゃくさつ》された。人々は護《まも》られたい一心で柵に逃げ込んだが、奥瀬柵が窪地にあったため、結局は追い込まれてしまったのだ。柵内に酸鼻を極める光景が広がったと聞いている。

天井板はなく梁《はり》が剝《む》き出しで、その梁も煤《すす》で真っ黒だ。冬には床板の一部があげられて、そこに造られた石の炉で炭が燃やされるためだ。そうでもしなければ、冬場には寒くて正殿など使えない。

殺風景で無骨な母屋に、やたらと愛想の良い商人の声が響く。

枢戸《くるるど》は開け放たれて、風が微かに吹き込んでいた。外は既に暗闇で、有間と東二の周囲に四つだけ結び燈台が配され、炎を揺らしている。風が涼しい。奥三郡の夏の夜は、肌寒い時すらあるのだ。

よろめくように頼りなく、小さな蛾《が》が火に集まっては、羽を焼かれて落ちていた。

簡素な木綿の几帳《きちょう》を背に、藁蓋《わろうだ》に腰を落ち着けた有間は挟軾に頬杖《ほおづえ》をつき、愛想笑いを浮かべる東二を無表情に見つめていた。

傍らに控える壱岐も、胡乱《うろん》げに東二を見ている。

白い髪が肩にかかるのを鬱陶《うっとう》しく思いながら、有間はゆっくりと手で払い、背に流して口を開く。

「やはり、船に乗せたときから承知していたのだな、わたしが有間と」

「ええ、もちろんでございます。気づかない方が、どうかしていましょう」

「北門津で、吾《わ》が弟、透谷と敬谷に咎《とが》められなかったか？」

「入港直前に足止めされ、恐ろしい思いはしました。しかし有間様らしき方は、二つ前の葦封洲《あしのほうしゅう》の津で下船され、逆封洲に引き返す船に乗れるようにわたしが手配したとお教えすると、やっと入港を許されました」

東二がそう透谷たちに告げ、彼らがそれを信じたのは事実のはずだった。その証拠に、透谷も敬谷も、国主屋人も、有間が大蓋に現れるまで、ずっと北門津から海を睨《にら》んでいたのだから。

「なぜ、透谷たちにそう伝えた」

「はい？　そう、とは」

「わたしが逆封洲に引き返したようだと、教えたのだろう」

「いいえ。わたしは、有間様らしき方々が逆封洲に引き返す船に乗れるように手配した、とお教えしたのみで。引き返したとは、一言も。引き返したと受け止められたとしたら、それは先方の早合点、もしくは勝手な解釈で」

　この東二という男が、有間一行が逆封洲に引き返したと信じ、それを透谷たちに伝えてくれれば良いと願って手間をかけ、結果はその通りになった。

　しかし――。

「わたしたちが引き返したとは、おまえは信じていなかったのだな。それなのに、引き返したと透谷たちに告げた。そうだろう？」

　そうでなければ、自分は有間たちが引き返したと言っていないなどと、すぐに口から出てくるわけはない。言い訳を用意していたのだ、最初から。

　東二は、にやにやしている。

「有間は二つ前の津で下り、引き返したと思わせるように小細工をした。ということは、必ず反封洲に帰る気だ。北門津以外の場所から、秘密裏に帰国するだろう、と。そう伝えれば、透谷から褒美《ほうび》があっただろう。なぜそうしなかった。利にさとい商人が」

「利にさとい商人だから、でございますよ」

　東二の表情が変わり、目が据わった。

「誰につくのが得策か、利にさといゆえに嗅《か》ぎわけますぞ」

「今、国嗣《くにつぎ》は透谷だ。知らぬわけないな。さらにわたしは、父国主から死を望まれてすらいるぞ」

「御前衆は以前から、有間様を次期国主にと推されている。それが他国にまで噂《うわさ》として流れているのは、多くの家人《けにん》たちがそう考えているからです。人に選ばれる者につく方が分が良いのは、自明の理。さらに」

ふっと東二は、闇に沈む天井に視線を向けた。

「懐かしいですな、建物の中にこもる煤の匂《にお》い。奥三郡の家の匂いです。わたしは、北《きた》奥《おく》の生まれです」

「逆封洲の商人ではないのか」

思わず口にした壱岐に、東二は頷く。

「逆封洲は、商人にずいぶん有利な法を整えています。それを利用して逆封洲に拠点を構え、商売を始めました。勘違いする者が多く、説明も面倒で、逆封洲の商人と名乗っていますがね」

有間に視線を戻すと、東二は微かに笑った。

「有間様が郡主《こおしゅ》となられて、奥三郡がましになったのを知っています。あなたがわたしよりも十年早くに生まれ、そして三十年早く奥三郡の郡主となられていたら、わたしの父母も、妻も子も、生きていられたかもしれない」

「わたしは、そんなに期待されるほどたいした者ではない。人が飢えないようにしたいが、それは人を哀れみ慈《いつく》しむ、純粋な思いやりの結果ではない。己を苦しめたものを憎み、怒り、そのような者どもがなしえないことをしてやろうという、腹を立てた結果だ」

胡坐《あぐら》を組み替え、膝《ひざ》を立てて身を乗り出す。

「良いか、東二。わたしは五歳で穴に落とされ、その底で十年生きたんだぞ。まともでいられなかった部分が、わたしの中には幾つもある。わたしを、お優しい人間だなどと思わない方が良いぞ。だから父国主にも白邪《はくじゃ》と呼ばれる」

脅しつけるような有間の目と声音《こわね》に、壱岐の表情が強《こわ》ばった。

東二は平然と見つめる。

「優しい国主など、望んでおりません。民にとって良い国主ならば、そしてわたしに利があるならば、その方がどれほどまともでなくとも、歪《ゆが》んでいても、かまいません。だからこそ、わたしはあなたにつくのが得策と考えた」

にやりと唇の端を吊《つ》り上げた。

「あなたには、国主になる機会と器量がある。そしてわたしは、あなたに恩を売れる機会に恵まれた。それを逃す手はない。恩を売って、それを大きくして回収したいと存じます」

懐《ふところ》に手を入れ、東二は折りたたまれた文を取り出し、ざらつく杉板の床に置く。

「逆封洲の戸津《とのつ》で、あなたに渡して欲しいと文を預かりました。誰からの文とも聞いていませんが、おそらく龍ノ原の、身分ある方からのものでしょう。白杉《しらすぎ》の香りがします。白杉柱の香りが染《し》みつく場所にいる方からです」

壱岐が立って、差し出された文を手に取り有間に渡す。

白杉の香りがした。そして料紙のなめらかな手触りに、覚えがあった。

(これは皇尊)

急いで開き、ざっと目を通すと笑みがこぼれた。

「どうしましたか、兄君」

「尊い御方も、難儀らしいな」

文から目をあげる。

「東二。今夜はここに泊まれ。明日の朝、文を預ける。それを龍ノ原の皇尊に届けてくれ。さらに別の頼みもある。わたしに利するというならば、これから遠慮なく、おまえを利用させてもらう。せいぜい、わたしに恩を売れ。大きくして返してやる」

翌朝、東二に皇尊宛《あて》の文を託して送り出した。彼は所有する船の中で最も小回りの利《き》く船で北奥沿岸まで来ていた。海路を使って、北門津にも逆封洲にも、簡単に辿《たど》り着けると言っていた。夏場なのが幸いだった。秋から春にかけて、北奥沿岸の海には、白く細かな氷の塊が押し寄せて海を埋めるので海路は使えなくなる。

東二は必ず、有間の文を皇尊に届けるだろう。そうすることで龍ノ原にも顔を売り、商売の足がかりを作れないかと目論《もくろ》むはず。逞《たくま》しいものだ。

（人が長年培《つちか》った思いこみをひっくり返し、その上に立ったのだ。皇尊の足もとも、危うかろうさ）

皇尊は文で、ずいぶん与理売を心配していた。幼い子を、自分の決断で龍ノ原から出したのだから気になって当然だろう。さらに有間の国での立場、状況を問い、気遣っていた。文のほとんどが与理売と有間への言葉だったが、それに紛れるように、皇尊自身の不甲斐《ふがい》なさを嘆く言葉があった。

新たな皇尊が立ったことで、周囲の国々との関わりも変わろうとしている。龍ノ原も変わらなければ、龍ノ原として在り続けられない。けれど、どう変われば良いのか、自分にはわからないのだ、と。

龍を呼び、縁《えにし》を成して、皇尊はようやく跪《ひざまず》いていた場所で立ちあがったばかりなのだ。立ちあがっただけで踏み出す先は見えず、またその道も平坦《へいたん》でない。龍を呼べるような思いがけない神秘が、彼女の人生に延々とつきまとってくれるはずはない。

皇尊とて、人なのだから。

有間は彼女に、縁を成した友として文を返した。

それからまた五日が過ぎたが、有間を討つための軍団が動いたという知らせは、どこからも届かなかった。奥瀬柵は迎え撃つ準備を整えられたが、こちらが準備万端になるのを承知で、屋人も透谷も敬谷も動かないのは解《げ》せない。

（何を待っている、彼らは）

相手に猶予を与えながら、彼らが待ち続けるものの見当がつかない。

居所である内郭の後殿《こうでん》母屋で、有間は横になっていた。

東側の枢戸を一つだけ開き、風を入れている。満月だ。明るい月の光が斜めに入りこみ、有間が横になっている御床《ごしょう》の脇《わき》に立てられた几帳の綿に反射し、白く闇に浮く。灯りがなくとも自分の指先が見えた。

殿舎の裏にある小さな池で鳴いていた蛙《かえる》の声も、深更をすぎると静かになる。

深く眠れなかった。うつらうつらしていると、月光が一瞬遮られた。

何者かが枢戸から入ってきた気配に、はっと目覚め、肘《ひじ》をついて起き上がろうとしたが、めくられた几帳から姿を見せた者に驚き、動きが止まる。

「美矢比」

薄絹《うすぎぬ》の下衣《したごろも》のみを身につけ、髪はといて豊かに流れていた。薄化粧をしており、紅をひいた唇が艶《つや》やかだ。

「なにごとだ。与理売になにかあったか」

奥瀬柵に戻って以来、与理売と大路と同じ場所に、美矢比は寝ている。姉君になるのであれば一緒に寝るのだと、美矢比が決めた。しかし与理売は数日前から美矢比を毛嫌いし、ふいと夜中に姿が見えなくなると、大路と美矢比が心配していた。

「与理売は寝てるわ」

「ならば、なにが」

と言いかけた有間の胸に、美矢比が突然すがりついた。

「有間。わたしを妻にして」

「妻はもたない」

「どうして」

月明かりで、白い美矢比の顔は艶《なま》めかしい。潤《うる》んだ瞳で有間の顔に顔を近づけてくる。彼女の吐息が唇に感じられ、有間は眉をひそめて顔を背けた。

「必要ない。信頼できる者たちが側《そば》にいれば、充分だ。別に妻などというものを、もつ意味はない」

「あるわ。妻と夫になって信頼を」

「それは友や配下と結べば良い」

「それらとの信頼と、妻と夫の信頼は違うわ。信頼と情愛があって」

「わたしは、信頼と情愛を友や配下にもつ」

「友や配下とは、子を成せないわ。国主として、子をもたなければいけないわ」

薄絹の下衣を通して感じる、有間の胸に押しつけられた美矢比の肌のしっとりと柔らかな感触が——不快だ。

普段の美矢比をけして不快とは感じないが、こうして触れられるとぞっとした。誰にでも必要以上に触れられると、どうしようもなく厭《いと》わしい。

(吐き気がする)

すこし汗ばむほどだったはずなのに、急に体が冷えてくる。

「子を成せないと、そう言ったのを忘れたか」

「壱岐にも、どうして有間がそんなことを言うのか訊《き》いた。壱岐も、わからないって言ったわ。けれど有間は、子を成せない怪我《けが》を負っているわけでもないって」

(そんなことを壱岐に訊いたのか)

壱岐は美矢比を好きなのだ。しかし彼女はそれを知ってか知らずか、酷なことばかりをする。恋している相手が、あなたの兄の妻になりたい、子を成せないと言う理由を知っているのかと問えば、問われた方はどれほど傷つくか。

けれども壱岐は傷ついた表情など見せず、苦笑いだけして、自分の知っていることを誠意をもって伝えるのだ。

気持ちの悪さに、怒りが重なる。

「離れろ、美矢比」

「いや」

さらに強く、美矢比がしがみついてきた。その温《ぬく》みに悪寒《おかん》が走った。

「離れろ」

「いや、離れない」

低い呻《うめ》きが喉《のど》から漏れた。

「離れろ」

「そんなこと言わないで」

「……殺してしまうぞ」

体の内側から、押さえ込まれていた何かが嫌な蟲《むし》のようにぞろぞろと這い出てくる。

声が掠《かす》れた。

「え？」

聞こえた言葉が、信じられなかったのだろう。綺麗な形の目が、有間を見あげた。

「なんて？　有間。今」

「首を折るぞ」

「有間？」

「首を折って殺して放り出す。川に投げ込んで宮魚《くうぎょ》の餌《えさ》に」

怯えたように、美矢比は立ちあがった。

「どうしたの？　わたしがなにか、気に障ることを言った？」

答えず、有間は美矢比を凝視する。

去れと、心の中で念じた。これ以上しつこくされ、この場にいられたら、自分の手が美矢比の首にかかるのを止められないかもしれない。

「……有間」

呼ぶ声は怯えに震えていた。

「おまえの首は細い。簡単だ」

二歩、美矢比が後ずさり、几帳の木綿に背が触れた。彼女はそれに驚いたように小さく悲鳴をあげ、身を翻《ひるがえ》し、外へ駆け出た。

（鎮《しず》まれ）

膝にかかった衣《きぬ》を握り、深い呼吸を繰り返す。

従妹媛《いとこひめ》であり、無害とわかっている。顔を見れば美しいと思う美矢比に対して、醜悪な獣に対する憎悪に似たものが渦を成す。相手が誰であれ必ずこうなった。そして暫《しばら》くすると治まる。

怪我など負っていなくとも、どうしてこれで子を成せるというのか。

衣を握った拳《こぶし》が、力を込めすぎたために震えていた。かがみ込むと、震える手の甲に白い髪がかかる。

子を成したいとは、微塵《みじん》も思わない。ただこうして穴の底から有間を捕らえ続けているものが顔を出すのが、ひたすらに苦しい。二度と見たくない、感じたくないものを感じないようになりたい。

「……若！」

枢戸の側から呼ぶ声がした。郡目《こおのさかん》が簀子《すのこ》縁《えん》に膝をついているのが、几帳の隙間から見えた。

深更。しかも声の逼迫《ひっぱく》した調子から、何かがあったと察した。できるだけ異変を悟られないように、声の調子を抑えた。

「どうした」

「南郡《なんぐん》から駆け戻った者が、先ほど奥瀬柵に到着しました。敬谷様の軍団が、奥瀬柵に向け出陣したと」

「数は」

「軍士五千の軍が、三軍。総数一万五千。大将が敬谷様と」

「三軍ということは、父国主と透谷の常軍を、敬谷が預かったのか」

反封洲では、各郡に軍団一つが置かれた。有事ならずとも、犯罪の取り締まりや警護にあたるために、常に置かれる軍団だ。それを常軍と呼ぶ。

有間の預かる奥三郡は、三つの郡から成る。反封洲の法でいけば、有間には三軍団の常軍がある。

ただし奥三郡の軍団の規模は小さい。一つの軍団は最低の軍士の数、三千しかいない。三軍をそろえても、数は九千。

敵軍の数と、その移動速度を頭の中で計っていると、真っ黒い何かがへばりついたような感情が薄れる。

目の前を見れば、自分の内側を見ないでいられる。だから有間は、自分の目の前に立ちはだかるものたちを見据えて進むのだ。

「なぜ大将が敬谷なのだ」

「力押しならば、勇猛の呼び声高い敬谷様に任されても不思議はないでしょうが」

「正面からの力押しか」

想像していたより数が多い。

「今まで相手方が動かなかったのは、三軍をもって討つためでしょう」

郡目の言葉に、有間は眉をひそめた。そんな単純なことだろうか。

しかし実際、力押しに耐えうるほど奥三郡の軍団は充実していない。

（被害はやむを得ん）

覚悟した。

「朝になったら、奥瀬柵の者たちと周囲の里郷の者に命じろ。ここを捨て、中奥柵《なかおくさく》へ逃げよとな。ここは戦場になる。大切なものは残さず抱えて逃げろと。郡掾《こおのじょう》も中奥柵へ向かわせ、民の受け入れの指揮をとらせる。こちらの柵内《さくうち》のことは、おまえに任せる。よいな」

「承知いたしました」という郡目の声を聞いた後、数拍有間は黙した。しかしすぐに口を開く。

「それと」

膝にかかった衣を見つめて、命じた。

「麦わらを準備しろ」

息を呑《の》む気配がしたが、郡目はすぐに「かしこまりました」と応じた。

三軍一万五千となれば、移動に時間を要する。

敬谷の軍団が発《た》った南郡から、奥瀬柵のある北奥郡の南東部までの距離は、男の足で三日ほどかかる。北門津や大蓋から進軍するより、南郡の郡家《こおけ》である永手《ながて》柵《さく》からの方が奥瀬柵には近いのだ。

しかし南郡から北奥郡の間には、閑戸《かんど》と呼ばれる郡があり、これを通過する必要がある。閑戸郡主は先代国主の異母弟、屋人の叔父にあたる人で御前衆の一人、伴安人だ。佐々九野を筆頭に、伴安人、蘇門真壁の三人の御前衆は、有間を推している。敬谷率いる軍が閑戸郡を通過するには、有間を推す伴安人にそれを容認させる必要があった。

さらに一万五千の軍士が移動するとなれば、兵糧を運ぶ荷車もかなりの数だ。軍団の足は遅く、一斉に奥三郡に攻め込む布陣を完成させるのは容易ではない。

それは敬谷も承知の上だろう。

見込みもなく大軍は動かさない。

閑戸郡主と、なんらかの交渉を事前にしているはずだ。有間を推している御前衆である閑戸郡主を説得する材料――それを、もっているのだ。

（説得できる材料は、なんだ）

説得の材料と、今まで、何かを待っているように敵が動かなかった理由とに、深い関わりがあるのではないかと感じた。

（閑戸郡を通ることができたなら、敵はまず、足の速い千人程度の軍を組織して先攻し、背後からやってくる大軍団を導き、その背後の圧力を誇示しながら、北奥にねじ込んでくる）

　緒戦は勝たずとも、負けることもないだろう。ただ、そうしてじりじりと戦っていれば、そのうちに背後から追いつく軍団が攻め寄せてくる寸法だ。

　奥瀬柵の周囲にある里郷から、女子ども、老人が逃げ始めた。子どもの手を引き、老人の手を引き。あるいは鶏を籠《かご》に押し込めて抱え、あるいは山羊《やぎ》の綱を引き、小さな包みを背に括《くく》って丘を越え、中奥郡を目指していく。

　奥瀬柵のある窪地の四方を囲う丘は、高くもなく傾斜も緩いが、雪檜葉《ゆきひば》が林立するので真っ直ぐな道が通っておらず、迷いやすい。骨喰の群れもいるので、うかつなこともできない。骨喰は血の臭《にお》いや腐臭に敏感なので、怪我人など連れていたら群れが寄ってくる。

　敬谷が三軍を指揮して南郡を発ったとの知らせを受けてから、四日目の朝。

　窪地の底に、人の声や、家畜の鳴き声がこだましていた。

　早朝から奥瀬柵の兵《つわもの》たちが、避難する里郷の者たちのため安全な道を確保し、そこを通り抜けるように指示している。幾人かの軍士が弓矢を手に山道に入っていくのは、骨喰が出た時の用心のためだ。

朝露にしめった双夏麦《そうかむぎ》の畑。その向こうにある畦道《あぜみち》を、ぞろぞろと山へ向かっていく人々。

畦の脇にある石に腰を下ろし、有間はその光景を見ていた。

(惜しいことだな)

傍らの麦の葉を一枚千切り、指先で回す。油分の多い双夏麦の葉は、そうしていると指先が微《かす》かにぬめる。青い匂いがあり、これを嫌う虫は多い。油分は麦わらになっても抜けないので、虫がつきにくい良い藁《わら》になる。

(柵の周囲の麦は、収穫できないと思っておこう)

ただ救いは、最悪でもこの場所以外はさして荒らされないことだろう。敵の狙《ねら》いは有間の首なのだから、彼がここにいる限り、ここが戦場になる。

里郷の者は早々と移動を始めたが、柵の者たちはまだ留まっていた。敵が柵によほど近づくまで、柵を砦《とりで》とする軍士たちのために働く。

「里郷の者は、これでほぼ逃げ終えますよ」

畦道を、柵の方からやってきたのは壱岐だった。

「よくやってくれたな」

労《ねぎら》うと、「軽いもんです」と、いつもながらに明るく答えたが、ふと心配そうな顔をした。

「美矢比は、逃げるのを承知しません。まだ逃げずとも良いと言って、きかないのです。与理売と一緒に避難するのだから、早めに逃げろと言っているのですが」

あの夜以来、美矢比は有間にあれこれと言ってくることはなかった。そのかわりに時折、じっとこちらを見つめる視線だけは感じた。

「言ってある通り、美矢比の様子から目をはなすなよ」

「ええ。わかっています」

そこで、傍らに立つ壱岐を見あげた。

「これから戦になる。今ならまだ、寝返ることもできるぞ。わたしの首をもって、大蓋へ行くか？」

「有間兄君の首を取るのは骨が折れそうですから、やめておきます」

苦笑して、続ける。

「それに首をもって行っても、そのときは褒められはするでしょうが、十日もしないうちにまた俘虜《ふりょ》と呼ばれますよ。結局ずっとわたしは俘虜の子と呼ばれ、せせら笑われ、軽《かろ》んじられて終わりです。生まれた時から、軽蔑《けいべつ》すべき者と烙印《らくいん》を押されたわたしへの態度は、容易に変わらないでしょう」

壱岐は踝《くるぶし》まで覆《おお》う革鞜《かわぐつ》の先っぽに目を落とし、苦笑いした。

「わたしは有間兄君だけを、身内と思っています。兄君は人に烙印を押さない。平らな目で人を見ている。こんな人がいるのだと驚いたんです。初対面の時、わたしに言ったことを覚えておられますか」

「なにか言ったか」

「なぜ笑っている、と。兄君はとても怖い顔で、わたしに言った」

ぼんやり思い出した。

穴の底からすくい上げられて百日あまり経った頃か、九野に連れられて大蓋城に入った。それまでは、とうてい人前に出られるような体でも、心でもなかったのだが、定期的に父国主に挨拶《あいさつ》をする必要があるとして、九野が段取りしたのだ。

そこで、透谷に俘虜と呼ばれている少年を見た。身なりからしてけして俘虜ではなく、おそらく自分の母違いの弟。少年は透谷が去っても、その場に立ち尽くして、一人でへらへら笑っていたのだ。

猛然と腹が立ち、九野の手を振り払って少年に大股《おおまた》に歩み寄った。そして訊いたのだ、なぜ笑っている、と。さらに言った、怒れ、と。

「おまえは怒っても良いし、怒れる場所にいると。そう言ってくれました」

穴の底でなければ、何があっても最後には遠く遠くへと逃げられる。戦う武器も見つけられるだろうし、何をしても生きのびられる。それなのに尊厳を傷つけられて笑っている奴《やつ》に腹が立ったのだ。傷つけられたら怒って戦える場所にいるのに、なぜそうしないと。

あの頃の有間には、穴の底と、穴の外の、二つしか見えていなかった。だから単純にいつも比較した。

「そんなことを言ってくれたのは、有間兄君だけだった」

「自分から、貧しい奥三郡の郡介《こおのすけ》になりたいと言った者も、おまえだけだったがな」

寒く貧しい奥三郡の郡主となった有間を、御前衆の九野以外の家人たちは、一旦《いったん》見放す気配があった。国主にそこまで疎《うと》まれているのであれば、有間におもねったところで利益はないだろうと。

それにもかかわらず壱岐は、成人し国主の子としての務めをはじめるとき、奥三郡の郡介を望んだ。

国主の子であれば、郡主を任じられるのが常だ。しかし屋人は、壱岐の母親の身分を理由に、壱岐にそれを許さず、家人として仕えろと命じた。それでも情けをかけたつもりか、屋人は壱岐に、どこで力を尽くしたいかと問うた。壱岐はそのとき、屋人の身辺に近い帯刀《たちはき》として仕えたい、あるいは国庁《こくちょう》に務めたいと、随意に訴えることもできたのだ。

しかし壱岐が望んだ務めは、奥三郡の郡介だった。愚か者だと、屋人は鼻で笑ったと聞いた。

それを知った時は――、嬉しかった。身内に、信頼できる者がいると。父国主に疎まれ恐れられている自分には、誰一人信頼できる血縁はいないだろうし、そんなものは必要ないとさえ思っていたから、余計に喜びが大きかったのかもしれない。

「それはですね、わたしは虚弱で繊細だからです。奥三郡のように人が少ない場所にいたほうが、調子が良いからですよ」

おどけて咳《せ》きこむ真似《まね》をした壱岐の腰を、「莫迦者《ばかもの》」と笑いながら軽く叩いたそのときだった。

有間の目は、雪檜葉の林立する稜線の向こうに細い狼煙《のろし》があがっているのをとらえた。

「壱岐！」

立ちあがって指さす。壱岐がその指先を視線で追い、息を呑む。

「あれは敵襲の合図!?　なぜこんな近くに！」

四章　節書を掲げよ

一

すぐに動ける五十騎を連れ、有間《ありま》は奥瀬《おくせ》柵《さく》を出て窪地《くぼち》を馬で駆けあがり、南側の丘を越えた。

視界が開けると、東西に続く谷と、谷底を流れる川が見える。

川を越えた南側には山が迫っていた。山肌が一部棚のように切り拓《ひら》かれているのは、そこに郷《ごう》があるからなのだが——見慣れない雄黄《ゆうおう》の旗が翻《ひるがえ》っていた。

南郡の郡旗だ。

狼煙《のろし》は、雄黄の旗が翻る山肌よりもずっと東の山頂からあがっている。郷には軍士を配していた。しかし急襲され、応戦もままならず逃げだし、かろうじて奥瀬柵に知らせを送ったのだろう。

「なぜこうも、手もなくここまで迫られているんだ。配置した軍士たちは、どうした」

壱岐《いき》が声を荒らげたのは無理もなかった。

手綱を握った有間の拳《こぶし》にも、力が入っていた。

閑戸郡《かんどぐん》の郡境から奥瀬柵までの各里郷《りごう》には協力を仰ぎ、軍士を幾人かずつ出させていた。軍士たちは各里郷にとどまり、敵の進軍があれば自分の故郷である里郷を護《まも》り、また奥瀬柵に敵が近づいているとの知らせを走らせる手はずになっていた。

にもかかわらず、知らせ一つなく、敵は奥瀬柵の目前まで迫っている。

(なぜ知らせがなかった)

壊滅させられたとは、思えない。里郷一つ壊滅させるには、それなりの手間と時間がかかり、なおかつ必ず逃げ延びる者がいる。軍士が伝えずとも、遅れに遅れたにせよ、逃げ延びた者が敵襲を伝えるはずだ。

里郷の者が、敵を黙って見送ったとしか考えられない。

(なぜ)

有間が奥三郡《おくさんぐん》の郡主《こおしゅ》になる以前の記憶が、民から消えたとは思えない。潤《うるお》いはじめた故郷を、みすみす以前のようには戻したくないだろう。有間を討つ軍が通るとなれば、戦わずとも、密《ひそ》かに奥瀬柵には知らせを送ろうとする者がいるはずなのに、その者たちすら竦《すく》ませた何かがあった——。

「若、あれを！」

目の良い者が指さしたのが、川向こうの南の斜面だ。木々の間をくねって通る山道を、百騎ほどの人馬が降りてくる。河原に続く広い道に出ると、何騎かが雄黄の旗を掲げた。さらに先頭を行く馬の騎手は胸を反らし、朱色に黒文字を染めた反封洲《たんのほうしゅう》の国旗を片手に掲げ、傲然《ごうぜん》と川岸に向かってきた。

先頭で国旗を手にしているのは、敬谷《けいこく》だ。

有間の眉《まゆ》がつり上がった。それは先頭の敬谷を認めたからではなかった。敬谷の斜め背後に従う馬上に、後ろ手に括《くく》られた有間の配下の姿を見たからだ。龍《たつ》ノ原《はら》に同行した、与理売《よりめ》がなついていたあの若者だ。そうとわかったのは、彼の身につけている袴《はかま》の色と、敵に占拠された郷に、彼を配置していたからだ。若者はあの郷の出だ。上半身の衣《ころも》をはがされ、力なく俯《うつむ》いている。

「伴《ともの》有間！」

川岸に横並びになった百騎の中程で、国旗を掲げる敬谷が声を張った。分厚い革の衣の上に、鋼《はがね》の粒を縅《おど》した胸当、手甲、脛当《すねあて》。さらに磨かれた鋼の兜《かぶと》で身を守っている。しかも川向こうで、こちらから敬谷に矢は届かない。その安心感からか、敬谷は水際《みずぎわ》まで馬を進めた。

丘の上に有間がいるのを、わかっているのだ。

中天にかかる日の光が、有間の白髪を際立たせているだろう。

「わたしはおまえに慈悲を与えるために、父国主《こくしゅ》の命で来た。参れ、有間！」

食いしばった奥歯が、鈍い音を立てた。

慈悲などという莫迦莫迦《ばかばか》しい言葉を口にする敬谷の前に出て、彼の茶番につきあう義理はない。しかし敬谷はそれを見透かし、有間の配下を捕らえているのだ。来なければ、この者がどうなるかわかっているだろうと、無言で脅すために。

（それほどまでして、つきあわせたい狂言か）

馬を並べる壱岐に、目配せした。簡単な指示を耳元で囁《ささや》くと、壱岐は小さく頷《うなず》く。

行くぞと告げ、馬の腹を蹴《け》る。有間に従って五十騎が駆け出すが、一騎のみ、奥瀬柵の方へと馬首を返して駆けた。壱岐だった。

四十九騎をともなって丘を下るが、途中から馬を御し、敵を焦《じ》らすかのように極力時間をかけて川岸に立った。

手綱を捌《さば》き、落ち着かない馬を制しながら、川向こうの配下の姿を見つめた。酷《ひど》い有様だった。腹と肩に青黒い痣《あざ》が広範囲にあり、俯いた顔も——顔貌《かおかたち》がわからないほど腫《は》れ上がっている。

「わたしの配下を嬲《なぶ》る者の慈悲というのを、聞かせてもらおうか、敬谷。さぞかし笑わせてくれるのだろうな」

川の流れの音に消されないようにしながらも、嘲笑《ちょうしょう》の響きで有間は言う。

堪《こら》え性《しょう》のない敬谷の顔に、あからさまに怒気が走った。

「伴有間。おまえは央大地《ひさしだいち》の秩序を乱す、大科人《おおとがにん》の手先である。反封洲すらも滅ぼしかねない者であり、斬首《ざんしゅ》すべきである。しかし国主は慈悲をもって、おまえに自害をお許しくださった。今すぐ奥瀬柵を明け渡し、自ら命を絶つように命じる」

聞き終わって、数拍。こみあげるものを抑えられず、天を仰いで大声で笑った。

「おまえは本物の莫迦なのだな、敬谷！　透谷《とうこく》でも連れてこい。もっとましな冗談を聞かせてくれるだろうさ」

笑いを収め、川向こうを睨《ね》めつけた。

「自害せよと？　はい承知しましたと、言うはずがなかろう」

「罪の自覚がないと見えるな、有間。央大地の秩序を乱す大科人の手先となり、その科人とともに、反封洲すらも乱そうとした罪がある。見ろ！」

片手にある国旗を、敬谷はさらに高く掲げた。

強い日の光が、国旗の先に括りつけられた、白い絹を巻いた筒を照らす。

（あれは？）

国旗の先に、普段あのような飾りはついていない。しかも白絹に巻かれたその筒には、恭《うやうや》しげに絹の房までついていた。

「これは正しき皇尊《すめらみこと》となるべき御方——不《ふ》津王《つのおおきみ》より下されし書札《しょさつ》！」

　不津王。

　それは与理売の父であり、日織《ひおり》と皇尊の御位《みくらい》を争った男だとは聞いている。しかし即位ならず、かといって新たな皇尊に恭順するも厭《いと》い、附孝洲《ふのこうしゅう》に去ったと。

　その者が、なんだというのか。

　高々と掲げた書札を、敬谷は竿《さお》を振って見せつけるように揺らした。

「有間！　おまえが龍ノ原より持ち帰りし書札は、様々な過《あやま》ちにより御位にある、過誤の皇尊の手による書札である。正しき皇尊となるべき御方は、不津王。その御方から下されしこの書札には、おまえが手にする書札は過誤の皇尊の手になるものゆえ、地大神《ちのおおかみ》の神威と真意、ひと文字たりとも入っておらぬと書かれている」

　さらに、敬谷の声は大きく川面《かわも》に響いた。

「おまえは過誤の皇尊の書札をふりかざした。過誤の皇尊が在り続ければ、央大地の秩序は乱れ崩れる。過誤の皇尊におもねるおまえもまた、大科人だ」

「過誤などと、畏《おそ》れおおい放言を」

と、有間の隣で呟《つぶや》いたのは、龍ノ原に同道した配下だ。皇尊が龍《りゅう》を呼ぶ光景を目にした者なのだから、あの皇尊を過誤と評する言葉など莫迦らしいと思うだろう。

　龍の成す渦の下に立ったあの女性以外に、皇尊はない。

だが――それを目にしたのは、央大地でもほんの一握り。

「そうか。だから奴《やつ》らは、易々《やすやす》と吾《わ》が郡を通り抜けた。民も畏れ、通したのか」

龍ノ原に今あるのは過誤の皇尊。

正しき皇尊となる者は別にあり、その尊い御方が書札をくだされた。敬谷はそれを掲げ、その威光で進軍した。有間は過誤の皇尊におもねり、頼る、科人。過誤の皇尊は央大地の秩序を乱す。ゆえに軍を通せ、と。

民は有間が郡主であることを望んでいるが、見せつけられたのは正しき皇尊となるべき尊き御方の書札。それが本物か偽物《にせもの》か、正しいのか間違いなのか。民に判断できる情報はない。

国主の旗を預かった者が、恭しくそれを掲げていれば、真偽を問える者の方が希《まれ》だ。呆然《ぼうぜん》とする人の中で、誰か一人がそれを信じて畏れたならば、畏れは伝播《でんぱ》する。次々にひれ伏し、疑義を抱く者すらも不安になり、咄嗟《とっさ》に否定をためらう。

御前衆《おんまえのしゅう》の一人である閑戸郡主、伴安人《とものやすひと》さえも、敬谷を通してしまった。

地大神を畏れたのだ。

「吾らは正しき皇尊となるべき御方のご意向の書札――節書を与えられた、持節の軍。征討軍である」

勝ち誇った敬谷の声を聞き、有間の嫌悪《けんお》がふくれた。

なんと仰々しい詐術《さじゅつ》だ。

国主屋人や透谷が、なかなか軍を動かそうとしなかった理由は、これだったのだ。

有間が皇尊の書札を得た。これを排斥するために、皇尊の書札の力をなきものとする、別の力を求めたのだ。

それが皇尊と御位を争った、不津王。

附孝洲に身を寄せている不津王に近づき、事情を知らせ、取引をする。

不津王は皇尊の御位をいまだに望んでいる。その望みに力を貸すからとでも約束し、書札を頂く。それを正しき皇尊の書札とし、有間の手にある書札を、過誤の皇尊のものとする。

(全《すべ》ての計略は透谷によるものだ、間違いなく)

有間を疎み恐れているのは屋人が一番だろうが、その彼に知恵を貸し、有間を最も殺したがっているのは、透谷なのだろう。海路で他国と繋《つな》がる北門津《ほくもんつ》を預かる透谷でなければ、不津王を利用しようとは思いつかないだろうし、またその手づるもない。

「若。これは」

と、呻《うめ》いた配下の焦りもわかった。

有間は御前衆に推され、さらに皇尊の書札も手にしていた。正しいのは有間だろうと、家人《けにん》も民も納得させられるものがあった。東二《とうに》も口にしたように、様々な紆余曲折《うよきょくせつ》はあろうとも、いずれ長い目で見れば、多くの人に選ばれる者が有利なのだ。

しかし相手が持節の軍と高らかに称したからには、彼らと有間の立場がひっくり返るのだ。

相手は持節の軍と称し、龍ノ原の——地大神の威光を借りている。その真偽の程、真実の程は、周囲にはわからない。

しかしそれは有間の手にある書札にしても同じ。

だからこそ、仰々しく名乗りそれらしく体裁を整え、自信に満ちて押し通る者が本物のように見える。

有間を推す者が、これでどの程度変節していくか。

(透谷は賢《さか》しい。賢しすぎるほどに。わたしの手にある書札を無意味にする方策を考え成したか)

やられたとは感じたが、忌《いま》々しさはなかった。よく考えたものだ。

有間は右手をあげた。

「矢をつがえよ」

配下四十九騎が、戸惑ったらしく潜めた声で言う。

「若。この川幅では届きません」

「矢が無駄に」

しかし有間は、強く命じる。

「良い。つがえろ。敬谷を狙《ねら》え」

配下たちは川岸に馬を進めて横に並ぶと、馬上で狙いを定める。

「射よ！」

号令一下、矢が放たれた。

各々《おのおの》一射、四十九本の矢は、ぎりぎり敬谷の眼前を流れる川の浅瀬に次々突き刺さった。矢数に馬が驚き体勢を少し崩したものの、敬谷は大声で笑う。

「届かんぞ！　有間」

「続けて射よ！　これが、わたしの返答だ」

二射、三射、立て続けに放たれる矢が届かないのは、明白だった。游気《ゆうき》を切る矢の音と数はかなりのもので、それに相手は恐怖を覚えるだろうが、届かない。

敬谷はさらに笑って吠《ほ》えた。

「やけになったか。愚かなことを……っ！」

胴間《どうま》声《ごえ》が、唐突に悲鳴に変わった。

敬谷の腿《もも》に矢が突き立っている。

「な、なぜ⁉」

動揺した敬谷に引きずられ、配下の騎馬が慌《あわ》てるところへ、次々と矢が射込まれた。

見る間に、二十あまりの軍士が馬から落ちた。対岸で有間が、

「射よ！」

と、命じ続けている。

あの矢がなぜこちらに届きはじめたのかと、敬谷の配下は恐慌《きょうこう》をきたしたらしく後退するが、そこにも矢が射られた。

さらに二十の軍士が馬から落ち、くわえて十騎が許しもなく山の方へ駆け出す。

見る間に周囲の護りが手薄になった敬谷は、顔色を変え、馬の腹を蹴る。腿に突き立った矢に顔をしかめて駆け出すが、そこにも追い打ちの矢が降った。

百の騎馬が、瞬《また》く間に半数以下になっていた。

逃げようとする敬谷はそこでようやく、自分たちの左右の夏草の茂みから、六人の兵《つわもの》が飛び出してきたのを見たはずだった。彼らの手に弓と矢があり、逃げる敬谷たちの背に向け矢を放つ。

一人、太刀を手にした若者が走る。壱岐だった。無残に痛めつけられた若者の馬に駆け寄り、彼を助け下ろす。

矢が届かないのを承知で、多数の矢を射込ませたのは目《め》眩《くら》ましだ。

敬谷の狂言につきあうふりをして、壱岐に命じて弓の達者を引き連れ、迂《う》回《かい》して敬谷たちの左右に身を潜め近づけと命じた。

身を潜めるためには、少人数でしか動けない。不意を突いても、相手の数に圧倒されるは必定。

だから目眩ましをした。

対岸まで、ぎりぎり矢が届かないのは承知していた。

しかし——それが良いのだ。

ぎりぎり届かないと高をくくっていたところに、不意に矢が射込まれれば、対岸の矢が届いたように錯覚する。

対岸からは絶え間なく四十以上の矢が放たれるので、音と迫力で六つの矢が近くから放たれても紛れてしまう。矢の飛来する方向が違うと気づく者がないように、まず敬谷を射た。射られた大将自身が恐慌をきたせば、場が混乱する。さらに何人かが射落とされれば、恐怖心が広がる。

「奇襲……少数だ！　討ち取れ」

ようやく気づいた敬谷が手綱を引き馬の足を止め、声を荒らげた。

しかし百騎のうち半数は射られ、馬から落ち、逃げようとよろめきながら走っている。二十騎以上は既に、敬谷の声が届かぬところまで駆けのぼっていた。敬谷の周囲にいる十数騎に向け、五人の射手が矢を放つ。それでさらに、三騎が落ちる。

怒気に紅潮した顔で腰の太刀に手をかけた敬谷にも矢が放たれ、馬が蹈鞴《たたら》を踏む。

周囲の者がしきりに、引きましょうと叫ぶ。数を頼みにしていた者がそれを失い、戦意が急速に萎《な》えている。

「誰が自害などするか、莫迦者め！　わたしの命が欲しいなら、獲《と》りに来い」

笑いながら言う有間の元へ、壱岐を筆頭に、痛めつけられた若者を連れた六人は、川を横切り対岸へ戻る。流れの中程は深く暫《しばら》く泳がねばならないが、渡りきる。

（残り五、六騎になったとて、引き返して矢を射かければ、こちらに逃れる吾が配下数人は射殺せたかもしれぬのにな、敬谷よ）

敬谷が果敢であれば——敬谷でなくとも、彼の配下が冷静であれば、急襲させた配下何人かは失うかもしれない。それは覚悟していたのだ。

ずぶ濡《ぬ》れで河原にあがってきた壱岐と配下を、有間は安堵《あんど》して見つめる。

「郷を急襲したのは、伴敬谷が率いる二百騎ほどでした。これから軍団が続いてくると、そんなことを言っていました。まずは五千の一軍が来ると。閉戸と北奥《きたおく》の両郡を、吾らの予想を裏切り、順調に通り抜けています。五千の一軍がこちらに到達するのも、明日、明後日《あさって》かと」

敬谷の手から助け出した配下は、奥瀬柵に連れ帰られ、にわか造りの天幕に運び込まれて手当を受けていた。一本柱を中心に、円形に張られた革布の天幕が、正殿《せいでん》の前庭と裏手、さらに後殿《こうでん》の手前まで幾つも張られていた。

奥瀬柵は大蓋城《おおがいじょう》ほど大きくない。奥三郡の常軍九千が柵に入ろうとすれば、この天幕の数でも足りない。

しかし奥瀬柵に今いるのは、北奥郡常軍三千のみ。

敵の動きが速すぎて、他二軍は集結できていない。

南奥《みなみおく》郡は国主の治める中郡《なかのぐん》に接し、大蓋にも近い。そのため国軍の侵入を危惧《きぐ》し、南奥軍の軍団は南奥柵に置いていた。そこを手薄にできない上に、急いで準備を整えても、こちらに到着するまでには数日を要する。

一方、中奥《なかおく》郡の常軍は避難の民を受け入れていた。無事に民を迎え入れた後に、半数が奥瀬柵に合流することになっていた。しかしこれも、民の避難すらぎりぎりなので、はたして明日、明後日にやってくるか――。

奥瀬柵は結局、三千の軍で五千の軍と対峙《たいじ》するのだ。さらに敵は背後にまだ五千の軍団二つが控え、それも順次やってくる。

奥瀬柵に期待できる援軍は、中奥柵から来る予定の千五百。

戸板に乗せられた若者は、青黒く腫れた顔を歪《ゆが》めた。

「なにもできず、申し訳ありません」

「おまえのせいではない。それよりも、体は辛《つら》かろうがすぐにここを出てもらうぞ。怪我人《けがにん》や女子どもを、敵が攻め寄せる前に中奥柵に逃がす」

お役に立てずすみませんと、悔しそうな若者の手を一度強く握り、有間は天幕を出る。

日は沈みきっていたが、前庭のあちこちには篝火《かがりび》があり、天幕や殿舎《でんしゃ》を照らし、その影を揺らして明るい。篝火の熱と人の熱気で、蒸し暑い。

右往左往する人々の間を抜け、内郭の東脇殿《ひがしわきどの》の方へ向かう有間に、配下の一人が駆け寄ってきて文を差し出す。

「若。東二から文が届きました」

受け取り、近くの篝火の傍らで目を通し、ふんと鼻を鳴らす。読み終えると握りつぶし、篝火にくべて燃やした。

その足で東脇殿へ向かった。

階《きざはし》を上がり枢戸《くるるど》を入る。母屋《もや》の奥に几帳《きちょう》で囲った一角があった。結び燈台の灯りが布を通して揺れているのが見え、そこにある女の人影二つと、子どもの影。

「与理売、大路《おち》。美矢比《みやび》。いるな？」

木綿の布をはぐると、「あれっ」と大路が声をあげた。

「有間様、まあ。案内もなく、いきなり」

龍ノ原から来た老女は、案内だの礼だのと、戦が始まるかというこんな時ですら口うるさい。すまんなとぞんざいに謝り、藁蓋《わろうだ》に腰を下ろす。

美矢比が、有間の視線を受け止めきれないかのように、目を伏せる。

与理売が真剣な表情で、有間の方へ膝《ひざ》でにじり寄ってきた。

「戦になるの？　兄君。みんながそう言ってる」

「なる。おそらく明日明後日には、奥瀬柵に五千の軍団が押し寄せる。日の出を待って北奥の軍団は配置につかせる。それと同時に、与理売と大路は奥瀬柵を出て、中奥柵へ逃げるのだ。美矢比」

呼ぶと、戸惑ったように美矢比が顔をあげた。

「はい」

「与理売と大路を頼む。配下の者も護衛につけるが、おまえは姉君として与理売を護り、安全な場所まで連れて行け」

美矢比の目に、強い決意の色が浮かぶ。

「わかりました。必ず」

「与理売。美矢比の言うことをよく聞け。いいな」

「でも」

と不満そうな与理売に、厳しい声で言う。

「戦なのだ。わたしは、一緒に行ってやれない。美矢比の言うことを聞くんだ」

唇をとがらせながらも、与理売は頷いた。

□□□

(戦のはじまる前って、こんなに静かなのかな)

日が昇ると、与理売は大路にせかされて準備をした。道の悪い場所を歩くというので革鞜《かわぐつ》を履くように言われて渋々従った。蒸れる革鞜は嫌いだったが仕方ない。

簡単な着替えと保存食の末醤《まつしょう》や腊《きたい》をいれた包みを背負い、有間にもらった弓と矢の玩具《おもちゃ》を握り、大路の手を引いて母屋を出た。

大路は身なりの準備はあれこれと口うるさくしたが、そこから先はどうしたものかというように怯《おび》えた戸惑いの表情になり、動きも鈍くなった。「媛《ひめ》様」と不安そうに幾度か呼ばれ、その度に与理売は「平気だよ」と答えた。

軍士たちはまだ寝ているのか、奥瀬柵の中は静かだった。

与理売と大路が土を踏む足音が響くだけだ。

(兄君も、まだ寝てるんだ。だからこんなに静かなんだ)

お別れに会いに来てくれるかと思っていたので、少しがっかりしたが、有間が与理売を可愛《かわい》がってくれているのはよくわかっていたから、いじけた気持ちにはならなかった。

ただ、有間が無事でいて、再び会えれば良い。そのためには祈るしかない。

（けど、ここは龍ノ原じゃないから龍がいない）

あのともだちの龍がいてくれたらいいのに、と思った。皇尊があの龍を素晴らしく強そうな美しい龍にしてくれたから、与理売と一緒にいた時よりももっと、与理売の願いに力を貸してくれるかもしれないのに。

ここは龍ノ原ではない。だから——祈るよりも、自分の力でやるしかない。

与理売が内郭後殿の裏手に行くと、そこには既に美矢比が待っていた。

長い髪を背の中程で一つに括り、その上から衣《きぬ》を被《かず》いていた。薄化粧の肌はさらさらと涼しげで、紅をひいた唇は鮮やか。衣も薄紅の絹に芍薬《しゃくやく》の花模様で、華やかだった。

彼女が今日もとびきり美しいので、与理売は嫌な気分になったが、それでも有間との約束は守るつもりだった。

大嫌いでも美矢比の言うことを聞くと、約束した。

美矢比の傍らには彼女付きらしい女丁が、小さな荷物を抱えて寄り添っており、さらに一人の兵が彼女の足もとに跪《ひざまず》いている。目つきの鋭い男だった。

「参りましょう、美矢比様」

兵に促され頷いた美矢比は、「おいで」と与理売を手招きした。与理売は大路の手を引いて、彼女の背後に従う。

奥瀬柵は戦の砦《とりで》も兼ねている。北殿《きたどの》は、建物背面が堅牢《けんろう》な築地塀《ついじべい》の一部となっている。母屋に入れば、最奥《さいおう》の一部が外へ向かって開く扉となっていた。

枢戸を閉じた母屋の薄暗がりの中、普段、開かれることのないそれを兵が押し開けると、柵の外の景色があった。大人の背丈ほどの場所に開いた枢戸からは、外の地面に降りる階などがない。

先に兵が飛び降りた。戸口に座った与理売の足を抱えて地面に下ろすと、同じようにして美矢比、大路、女丁を抱え下ろす。

柵から北側に向かう畦道《あぜみち》を進み、雪檜葉《ゆきひば》の丘に入ると、下草が踝《くるぶし》をくすぐる。護領山《ごりょうさん》の白杉《しらすぎ》の森は積み重なった落ち葉で湿気て、ふかふかしていたが、雪檜葉の森は違う。踝を隠すくらいの短い下草に覆《おお》われ、その草葉は常に水に飢えているかのように、痩《や》せ細って乾いている。

早朝なので暑くはない。それどころか肌寒く感じるのは、同じ夏でも、龍ノ原の夏に比べてうんと涼しいからだ。

反封洲は乾いて、寒い土地。真夏にやってきて、この地の冬を知らない与理売でさえも、冬場の過酷さがうっすら想像できた。

兵の先導で、一行は無言で進んでいた。丘を越えて下り坂になりはじめたが、周囲は雪檜葉の幹が立ち並ぶだけの変わり映えしない景色なので、どの方角へ向かっているかなど、与理売にはわからない。

「こちらでは、ないわ」

足を止めた美矢比が、急に険しい声で言う。先を行く兵がふり返る。

「いえ、こちらです」

「中奥柵へ行くなら、もっと東寄りの道を通る方が早いはずだわ」

「そのとおりです。しかし今、奥瀬柵の南側に敵の軍がおります。それからなるたけ距離のある道を行くのが、得策かと」

「……信用できないわ」

傍らにいた与理売の手を、美矢比が握った。

「なにを仰《おお》せですか」

「あなたの顔を、知らないわ。六年も奥瀬柵にいたわたしが、有間の配下で知らない顔はない」

「わたしは若に、長く仕えております。ただ、あまり表に出る務めはしないので」

「そう？　でも、わたしは東の道を行くべきだと思うから、そちらへ行く」

「まずは北の道を行くべきです、美矢比様」

「いやよ」

言い合う二人を見あげ、与理売は考えた。

（どっちが正しいの？　どっちが安全なの？）

なんの知識もない与理売にはわからなかったが、頼るべき言葉があった。美矢比の言うことをよく聞けと、有間は言った。

「東の道へ行こう。美矢比」

与理売は、美矢比の手を強く握り返す。

「そうよね、与理売」

きれいに微笑《ほほえ》み返し、美矢比は与理売の手をしっかり握り、方向を変えて歩き出す。

「お待ちを」と兵が追ってくるが、かまわず歩き続けた。進むにつれ、兵の声には焦りが強くなる。

「お戻りください。敵の斥候と鉢合わせする可能性があります。南に近づきすぎています。ここは既に奥瀬柵の範疇《はんちゅう》と、敵軍の範疇の境です。いや、いっそ敵軍の範疇かと」

「戦はまだ始まってないのよ。奥瀬柵の軍すらまだ、柵から出ていない。敵も動いていない。静かだわ。それなのになぜ遠回りをさせるの。何かあるの？　あなたの言うことは、信用できない」

妙に、どきどきしていた。胸騒ぎというのだろうか。

突然に何か怖いものがやってきそうな、そんな予感だ。

背後から追ってくる、目つきの鋭い兵の声が「美矢比様、与理売様」と、背中に当たる。大路と女丁は遅れ気味になりながら、背後を何度もふり返っている。

（何か、怖いものが来る）

どこから来るのか。それは背後か、それとも——。

突然だった。目の前、雪檜葉の幹の陰から、五つの人影が飛び出した。その手に光るのは太刀。軍士だ。肩に縫い付けられているのは朱色の布。

（敵だ！）

体が竦《すく》み、足が止まった。

「美矢比」

震える声で呼ぶと、彼女は痛いほど強く与理売の手を握った。

二

同道の兵が太刀を抜いたらしく、鋼《はがね》と鞘《さや》がこすれる音がした。

さらに下草を踏む音が、複数。

ふり返ってみると、背後にも肩に朱の布をつけた軍士が六人、槍《やり》を構えている。大路と女丁が互いに身を寄せ、腰が砕けたようにその場にしゃがみ込む。

（囲まれてる）

それを理解して、足が震えそうになった。強く握っていた与理売の手を、美矢比が放した。どうしたのかと彼女を仰ぎ見ると、彼女は瞬《まばた》きもせず正面を凝視している。

「透谷」

美矢比の口から、その名がこぼれた。

与理売と美矢比の正面をふさぐ軍士の間から、一人の男が歩み出てきた。

背の高さは有間と変わらなかったし、身につけている衣もよく似ている。片肌脱の大《おお》衣《きぬ》には、海波模様の細やかな刺繍《ししゅう》があり、腰の毛皮飾りは艶《つや》やかな白銀色で、珍しかった。幅のある太刀を佩《は》いている。有間よりよほど裕福そうであり、そして彼よりも青白くて弱々しく見えた。真っ黒な髪は艶があり、垂れて肩から背に流れている。整った顔立ちで、荒々しさは感じられないが——目が、冷たい。

伴透谷。

その名の男は有間の弟だが敵なのだと、大人たちの話で与理売は理解していた。理解していたが、軍士たちに囲まれ動けない。

近づいてきた透谷は、棒立ちになった美矢比の手首を握って、引き寄せた。あっと小さく声をあげてよろけ、透谷の胸に引き寄せられたのを見た瞬間、与理売は二歩ほど跳ね退《の》いて、握っていた玩具の弓に矢をつがえ、透谷の手に狙いをつけた。

放った。

美矢比の手首を握る手の甲に、矢が突き立つ。透谷が小さく呻くのと、近くにいた軍士が、与理売の頬を力任せに殴り、体が下草の上に投げ出されたのが、ほぼ同時だった。

ぱっと目の前が真っ白に弾《はじ》け、上も下もよくわからなくなった。

ぼんやり開いた目の前に、下草の葉っぱがある。

「媛様！」

大路が、膝で這《は》って近づこうとしているのが、葉っぱの向こうに見えた。

「手荒にするな。それは龍ノ原の媛だ。大切な人質だ」

透谷の手に刺さったはずの矢が抜かれ、目の前の地面に放られる。

「可哀相《かわいそう》に、その人を怒らないで。悪いのはこの子ですもの。少しくらい痛い目にあっても大丈夫よ。龍ノ原の媛だといっても、実は遊子《ゆうし》なのですって」

くすっと、笑う。

「汚くて、俘虜《ふりょ》の子と変わりはしないわ」

これは美矢比の声だ。笑ったのも美矢比だ。

（なんて言ったの？　今、なんて）

頭がぐらつき思うように体が動かないので、目だけで美矢比の方を見た。

美矢比は透谷の胸にすがりつくように寄り添い、与理売を見下ろして笑っている。

「ほら、ね。怖い目をするでしょう」

その瞬間に悟った。

（美矢比は……裏切った）

かっとして、悔しくて、呻いた。

「わたしは悪い子じゃない。悪いのは美矢比の方だ」

与理売を殴った軍士の手が、二の腕を摑《つか》んで引きずりあげるように与理売の体をもちあげた。媛《ひめ》様、媛様と呼ぶ、大路の泣き声が聞こえる。

「来てくれたのね、透谷。わたしのために」

潤《うる》んだきれいな瞳《ひとみ》で、美矢比が透谷の胸に手を添え、彼を見あげていた。透谷は美しい従妹《いとこ》媛の頰に手を添え、囁く。

「吾が妻となる女を、自ら迎えに来るのは当然だ」

「こんな怪我までして。痛そう」

小さな矢傷のできた透谷の手を持ちあげ、美矢比はそこに唇を寄せる。

引きずりあげられ、与理売は歯がみして呻く。弓を強く握る。

（悔しい、悔しい）

（こんな奴ら射殺してやる。わたしが強かったら、全員）

手もなく捕まったことが悔しくてたまらないが、顔が腫れてきたのか瞼《まぶた》が思うように開かない。自分が捕まれば、有間に迷惑がかかるのはわかっている。敵は与理売を人質と言った。与理売の命と引き替えに、有間に無理な要求をする。

ことによると、有間が殺されるだろう。

（悔しい！）

透谷と美矢比の声が聞こえる。

「かすり傷だ」

「可哀相、透谷。でも、ありがとう。助けに来てくれて。敬谷が討伐軍の大将だって聞いて、わたし心配だった。透谷が来てくれないのかもって」

「あれは少し考えの足りぬ乱暴者だから、御さねばならぬのでね。大将の冠をかぶせてやらねば、へそを曲げてたいした働きをしない。わたしの元で充分力を発揮させるためだ。しかし全てを敬谷にゆだねて高みの見物など、できまい。後々笑いものになる」

声に冷徹さが滲《にじ》む。

「自ら妻を迎えに馳《は》せ参じ、さらに戦の最終局面では、過誤の皇尊の威を借る大科人の首級をこの手であげ軍団の前にさらすのは、国嗣《くにつぎ》のわたしだ。そうしなければ、次期国主として面目が立つまい」

「それこそ国主の器なのね」

与理売は心の中で叫んだ。

（悔しい！）

そのとき、唐突に、雪檜葉の樹幹に哄笑《こうしょう》が響く。

「なんとお粗末な器だ！　透谷よ。我慢できずに、笑ってしまったではないか！」

その場にいた者が全員凍りついた瞬間、与理売の二の腕を握っていた軍士が、ぎゃっと悲鳴をあげて与理売を放り出す。再び下草の上に転がった与理売は、今まで自分を捕らえていた軍士のこめかみが、太い矢で貫かれているのを見た。

「媛様」

必死に這い寄ってきた大路が、与理売の頭を抱きしめる。一緒に移動したらしい女丁も、大路と与理売を庇《かば》うように覆い被《かぶ》さった。

「最終局面で現れて首級をあげる算段とは。賢しいが、とんだ臆病者《おくびょうもの》でもあるぞ。あれこれ理屈をつけても、結局は戦の混乱が治まってから、おいしいところだけを食いたいのだろう」

透谷を嘲笑する声が続く。

「そもそも、わたしを国から追い出し、その帰途で殺そうという企てを、父国主に進言したのもおまえなのだろう。穏便に殺そうなどと、小賢しい臆病者のはかりごと」

抱えられた腕の隙間《すきま》から、肩に朱色の布をつけた軍士たちが、次々背後から斬《き》り伏せられていくのを見た。太刀を手に軍士たちに襲いかかるのは、見覚えがある奥瀬柵の人たちだ。数は――たくさんいる。五十人、六十人はいる。

そして見えた、真っ白い髪。頼もしくて慕わしくて、視界が潤む。

（兄君）

□□□

太刀をひっさげた有間は大股《おおまた》に歩み、与理売を抱える女丁と大路に声をかけた。

「頼むぞ、その子」

そのまま傍らを通り過ぎ、寄り添い合っている透谷と美矢比に近づいていく。透谷が正気づいたように太刀を抜き、美矢比を背後に庇った。幅広太刀は、食らえば胴が両断される。それを苦もなく構える透谷の鍛錬は大変なものだろう。

美矢比を庇いながらも、透谷はちらちらと周囲に視線を投げる。

「配下は来ないぞ」

有間は、せせら笑った。

「少し離れた場所に潜んでいた、おまえが引き連れてきた連中は、わたしの配下が矢の的にして皆殺しだ。さて、たいした数を連れて来たな。開戦前とはいえ、怯え潜んでいた軍団の奥から出てくるのは怖かったか。五十人以上連れていたらしいが――どうでも良いか」

「……有間」

透谷が歯の隙間から押し出すように、恨みのこもった声で呼ぶ。

「討伐の軍が発《た》ったとき、大将が敬谷と聞いて腑《ふ》に落ちなかった。わたしを討つのに、敬谷だけに任せるのは解《げ》せない。しかし、まあ、おまえがわたしの想像以上に怠惰なのであれば、そうするかもしれん。しかしご丁寧にわたしを、央大地の秩序を乱す大科人に仕立てたと知って、おまえが来ていないはずはないと思った。自分でも言っていたな？　高みの見物では笑いものになると。そうしたら、わたしに恩を売ろうとしている男がな、おまえが北門津にいないと知らせる文をくれた。それで間違いなく確信できた。おまえが近くにいると」

有間はにやりとする。

「臆病者なら臆病者らしく、北門津で勝利の報を待っていれば良かったのだ」

「臆病ではない！　これは策だ。敬谷に大将という役割を与え、存分に働かせるための、人を用いる……」

「この期《ご》におよんで、取り繕うな」

透谷の声を遮った。

「臆病者が悪いとは言ってない。いや、賢いやり方だ。危ないところは弟に任せ、良いとこ取りをするのだからな。それで良かったのだろうに、笑いものになるのを気にしたか。それも――賢しいゆえか。持節の軍などというものを考えつかねば、多少笑われても気にならなかったのかもしれないが、龍ノ原だの皇尊だの持ち出して大仰にしたせいで、面目が大きく潰《つぶ》れてしまうと思ったか。だから出てこざるを得なかったか」

有間の手にある皇尊の書札を、不津王を担《かつ》ぎ出して制する策は見事だ。なるほど、そんな手があったかと、感心もしたのだ。しかし。

「策士が策で、自らを縛ったか。しかし気にしなければ良いだけのことだろう。笑いものになっても良いだろうに。笑われても国主は国主。生きて国主となり、笑われたものを帳消しにするほどになれば良いだろう」

「誇りも尊厳も知らぬような、穴で育った者に何がわかる」

「そんなものを知っていて殺されるなら、知らぬが幸いだ」

声を低め、有間はちらりと笑って続ける。

「おまえの首ならば、見栄《みば》えは良かろうな、透谷。さらし甲斐《がい》がある」

透谷がいきなり、振りかぶることなく、幅広太刀を真横に薙《な》ぐ。

すんでの所で飛びすさり、身を低めた有間は、斬り込む。幅広太刀が頭上めがけて落とされるが、有間がそれをかいくぐると幅広太刀は地面を叩《たた》く。

幅広太刀はその重さのために、地面に食い込む。それを引き抜く間が、命取り。

瞬き二つの間で、有間は透谷の真横に逃げ、首を力任せに叩く。

ごろんと、草の上に透谷の首が落ちた。

美矢比が悲鳴をあげて、顔を覆った。

どっと透谷の体が地面に倒れ、その振動が有間の足裏に伝わった。構えていた太刀を、下ろす。太刀から血の滴《しずく》が落ちた。下草の葉に、ぽつりぽつりと。

有間の足もとに膝をついた美矢比の横顔は、怯えきっている。

「……どうして。どうして、わかってしまったの……。なんで」

小さく口の中で呟く美矢比の声は、震えていた。

(気づかれないと思っていたか。よくよく、人を侮《あなど》っているのだな)

昔から、美矢比の言動を胡乱《うろん》に感じていた。

穴から帰った有間を毛嫌いしていたはずなのに、ある時から不意に好きだと言い出し、奥瀬柵《おくせさく》に住み着いた。理由として思い当たるのは、一つだけだった。周囲の、有間に対する評価の変化だ。佐々九野《ささのくの》を筆頭に、御前衆が有間を次期国主にと推す気配を、美矢比は察したのだ。

だから態度を変えた。

そのときから感じてはいた、美矢比は日和見《ひよりみ》だと。

信頼すればいつか、痛い目にあう。

生き残るためには、信頼できる者がどれほど周囲にいるかだと、有間は穴の底で学んだ。美矢比を無理に遠ざけたりはしなかったが、けして信頼してはいけない者だと自分の中で区別した。

　ぽつりと太刀から、血の滴がまた落ちた。

「わたしが海難で死んだと聞き、おまえは大蓋城へ帰った。わたしの死を信じていなかったというなら、奥瀬柵で待つはず。実際、壱岐を筆頭に柵の者は喪に服しながらも待っていた。しかし思いがけず皇尊の書札を手に戻ったので、おまえは再び、わたしにしがみついた。書札があるから国主になると踏んだのだろう。おまえが日和見なのは、その行動からわかった。最後には、透谷を選ぶだろうことも予測できた。妻をもたない、子を成せないと知らせたからには早々に動くはずだろうと、おまえの動きは注視させていた」

「……え……？」

　戦を前に不安材料をのぞこうと考え、有間はあえて美矢比に、自分が妻をもつ気がないことと子を成せないことを告げたのだ。美矢比がなにを日和見の判断にしているか、おおよそ理解はしていたからだ。

　有間のその告白を聞いて、美矢比は動いた。

「北門津へむけて密《ひそ》かに文を出したな。壱岐がそれを途中で奪い、内容を確かめてから、人に託して無事に北門津へ届けてやった。そうだな、壱岐」

弓を手にした壱岐が、静かに有間の横に並ぶ。その表情はいつもの朗らかな彼らしからぬ暗さだった。

美矢比が有間の御床《ごしょう》にやってきた翌朝、壱岐に命じたのだ。美矢比から目を離すな、と。必ず密かにどこかへ文を出すはずだから、それを彼女には気取られぬように奪い取り、文面を確認しろと。

壱岐は戸惑い、嫌がった。しかし有間が強く命じた。結局、壱岐は命令通り美矢比を見張り、文を手にしたのだ。

「美矢比。読んだよ、おまえの文」

目を見開き、美矢比は下草の葉を握りしめる。

「文を見るなんて」

壱岐はため息をつくと、視線を足もとに落とす。その隣で有間は淡々と事実を口にする。容赦なく。

「国主《こくしゅ》の妻になれないなら、わたしにおもねるうまみはない。それよりも透谷の妻になった方が良いと、考えるのは当然。このたびの戦はどちらが勝つかはわからんが、軍として優勢なのは国主と透谷敬谷の軍。わたしに書札があれど、御前衆が推せど、死ねば意味はない。妻になれるならば、わたしの勝利に賭《か》けようとも考えただろうが、それも叶《かな》わぬ。となれば、おまえは透谷に必ず連絡を取る。透谷はわたしの首を取るために動くはずだから、ついでとばかり勇んでおまえを迎えに来るだろう。幼い頃から欲しがっていた女だ。わたしに取られたと思っていた女が、自分を頼って迎えに来てくれと言うのだから、透谷もさぞ喜んだろう」

　そこで有間は、地面に倒れる首に向かって小さく笑った。

「短い喜びだったな、透谷」

「獣！」

　美矢比が膝をついたまま金切り声をあげた。

「穴で育った獣め！　汚らしい、蟲《むし》まで食った野蛮人！　わたしを疑って、国嗣たる透谷を殺して、笑って。白邪《はくじゃ》め！」

「殺したのはわたしだが、殺させたのはおまえだ」

「どうして、わたしが」

「透谷に助けを求め、来てくれと頼んだのだろう。媚《こ》びるつもりで文にそう書いて」

　壱岐が手に入れた美矢比の文には、切々と透谷に会いたい思いと、助けに来て欲しいという懇願が綴《つづ》られていた。

　有間の目にそれは、ただの媚びと読めた。

　しかしこれを媚びと読めなければ、そして相手が幼い頃から欲しがっていた女であれば、胸に火がつくはずだ。必ず自分が美矢比を助けるのだ、と。

透谷は、自ら美矢比を迎えに来ると予想した。秘密裏に、しかも多くの配下を引き連れて安全を期して来るだろうが、確実に来る。

「勝利を確信するまで軍団の奥に引っ込んでいれば、あるいは人をやって、おまえを連れ出せばうまくいったはずだ。しかし透谷は、おまえの目に頼りがいのある男として映りたくて自ら来た。まあ、それも正面から斬り込むでもなく、自軍の力がおよぶ範疇まで、美矢比自身で来るように段取りをしたのは、用心深かった」

事実、この道は奥瀬柵と南から寄せる軍の中程にある。少し下れば河原に出るが、その場所は川の流れの中でも砂が堆積《たいせき》して浅瀬になっており、渡りやすい場所。ここからであればすぐに、敬谷が軍士を置いている郷《ごう》へ駆けあがれるはずだ。

美矢比が有間に追跡されていなければ、透谷の目論見《もくろみ》は一切の危なげなく成功したはずだった。

「その用心も無駄だったな。出てきたのが運のつき。おまえが殺したのと同じ」

太刀を振って血の滴を飛ばすと、美矢比がびくりとした。

「殺すの？　わたしも」

「どこへでも行け。日和見がおまえの生き方であれば、それはそれで良い。日和《ひよ》って、変節し、生きていけ」

日和見、変節、裏切り。それを生き方として選ぶ者はあり、それを批難するつもりはない。それがその者の考えた最善なら、そうすればいい。

ただそんな生き方をする者を有間は信頼しないし、側《そば》に置くつもりもない。

「国から出て行け。もし国内にいるのを見つけたら、そのときは目障《めざわ》りだ。殺す」

「どうやって生きろと言うの。わたしは……、壱岐」

縋《すが》る涙声で、美矢比が従兄の名を呼ぶ。

「助けて、壱岐」

背にある靫《ゆぎ》から壱岐は矢を抜き、弓につがえて引き絞り、鏃《やじり》を美矢比に向けた。

「立って、走れ。どこへでも行け」

「壱岐。いや、助けて。わたしを」

「射るぞ！」

小さく声をあげて、美矢比は立ち上がり駆け出した。

どの方向へ駆けたのかも、確かめる気にならなかった。太刀を鞘に収めると、大路に抱えられている与理売に近づき、傍らに膝をつく。

「与理売。すまぬ」

大路の膝にのる顔が半分、無残に腫《は》れあがっている。胸が痛んだ。

「悪かった。おまえを餌《えさ》にした」

「餌？」

大路が驚いた顔で有間を見やる。

「与理売を人質にし、わたしの動きを鈍らせるために、美矢比はおまえを連れて透谷の元へ走ろうとしていた。それを承知で美矢比と一緒に行けと命じた。おまえが抵抗して、美矢比が透谷の元へ走れない事態になってはならなかった。疑われているのを美矢比に感づかせないためにも、こうした」

美矢比が透谷の元へ走り、彼と合流するだろうと予想できた。さらに、戦を透谷の有利にさせるために、与理売をさらう可能性も高かった。

しかしそれら詳細な美矢比と透谷のやりとりは、敬谷の急襲があった混乱の前後に交わされたらしく、把握できなかったのだ。

彼らが、どこでどう落ち合うつもりか、わからない。

有間たちは美矢比を自由に泳がせ、透谷の元へ案内させるしかなかった。

「美矢比に従えと念を押したのは、そのためだ」

「なんとひどいことを。そのために媛様がこんな」

「すまなかった」

大路が涙目で批難の声をあげるのを受け止め、有間は目を伏せた。大路に殴られてやっても良かった。跪く有間の膝に、与理売の手が触れる。

「わたし、役に立ったんだ」

「役に立った。そのうえ勇敢だった。透谷に一矢《いっし》報いた。たいした媛だ」

腫れた瞼で、与理売は笑った。

「わたしは良い子だもの。だから」

「そうだ。良い子だ」

強く言って立ちあがった。

「中奥柵へ行って休め。わたしはまだ休まぬ。勇敢に戦ってくれたおまえに報いる」

大股に歩み、転がっていた透谷の首の髪を鷲掴《わしづか》みにした。

「働いてもらおうか、透谷」

三

八洲《はっしゅう》には鬼という概念がある。神の眷属《けんぞく》たる龍《りゅう》が棲《す》む龍《たつ》ノ原《はら》には、ないものと聞く。神の眷属が棲む国に、邪《よこしま》なものは入り込めないのだろう。

死んだ人の魂が邪悪なものになり、誰かや何かに入り込み禍《わざわい》を引き起こすと、人はそれを鬼が憑《つ》いたと言う。死んだ人が形をなくし、目に見えない邪悪なものになり禍をもたらすのが、鬼だ。

憎しみや哀《かな》しみや、恨みや、妬《ねた》みや。それらを呑《の》んで死んだ人の魂は邪悪な鬼となり、真っ黒な思いに支配されたまま鬼として游気の中を永劫《えいごう》に彷徨《さまよ》うのだ。

鬼が、なにかのきっかけで肉を得て形をもったら、それは鬼という化け物――しかし、これは御伽噺《おとぎばなし》の部類。子どもを叱るときに親が口にしたり、あるいは人の通わぬ場所でそんな化け物に会ったと言い張る者もいたりはするが、確固とした存在ではない。

龍ノ原に鬼の概念がないのは、人が生む邪悪なものが、飛翔《ひしょう》する神の眷属に呑み込まれ浄化されるからではないのか。有間は、そんな気がする。

（わたしが死んだら誰かに、魂を龍ノ原まで連れて行ってほしい。そうすれば鬼とならずにすむだろう）

誰が連れて行ってくれるだろうかと考え、与理売かもしれないと思った。

時間はかかるかもしれないが、あの子はいずれ龍ノ原に帰るだろうから――。

国主になると心に決めたのだから、簡単に死ぬつもりはない。しかしいずれ必ず訪れる死。その時が来たら有間は、自らの魂を龍ノ原に運んで欲しい。鬼になり、生きているときに呑んだ黒い感情に永劫に支配されるのは嫌だった。

穴の底で死んだ幾人もの人。彼らはきっと鬼になっている。あんな場所で死んで、鬼にならずにいられようか。母も、あの澄んだ瞳の老人も、きっと鬼になっている。生きて苦しく、死しても苦しい。

それら死んだ者たちの夢を、有間はよくみる。

間違いなく有間も鬼になるのだろう。

だから龍に呑まれ魂まで消えたいのだ。鬼にもならず、何者にもならず、ただ消えたい。綺麗《きれい》さっぱり。

「与理売は、中奥柵に向かっています。随分ここからは離れたでしょう」

南門二層にあがってきた壱岐が、報告した。

「これで、女子ども、年寄りは残っていないな」

「ええ」

二人とも、鋼の粒を縅《おど》した胸当と手甲、脛当《すねあて》はつけていた。あとはいつものように、太刀を佩いただけ。戦支度としてはそれだけだった。他の配下たちもその程度で、軍士に至っては板の胸当だけという者が半分。奥三郡《おくさんぐん》の常軍の備えは貧弱だった。

有間が立つ場所からは、奥瀬柵のある窪地《くぼち》を囲む丘が見渡せた。

日は高くなっていた。

薄い雲が西から東へ流れているが、日の光を遮るほどではない。青々と広がる双夏《そうか》麦《むぎ》は、なびくと葉がこすれあい、からからと乾いた音をたてた。熱い風が吹く。ただ時に、一筋二筋の冷たさが頬をかすめて行く。冬は必ず来るのだぞ、忘れるなと言いたげに。

奥瀬柵の南門は閉じていた。

そのかわりに築地塀の南面、門を挟んで左右に三つずつある櫓《やぐら》に奥三郡の白地の旗を立て、弓を持たせた軍士を十五人ずつ配置していた。さらに柵内、正殿前から後殿背後まで、かなりの数の天幕を張らせている。

南の丘から奥瀬柵を見下ろせば、こちらの、籠城《ろうじょう》の構えが一望のもとに見えるはずだった。

「敬谷に送った知らせも、とっくに届いている頃だな」

「そうですね」

数刻前、敬谷が拠点としている郷の南、川岸に数騎の配下を向かわせ、文をつけた矢を強弓で対岸に射込ませた。相手方の軍士がそれを手にしたと、報告は受けている。

文は有間から敬谷に宛《あ》てたものだ。すぐさま敬谷の元へ運ばれただろうそれを、彼は読んだろう。一読し、怒り、飛び出してくる。

「若、見えました！」

二層の欄干に足をかけ、伸び上がって南の丘を注視していた者が指さす。

南の丘には二筋、道が通っている。その二つともに騎馬の姿が見え、さらにその後ろに槍を担いだ軍士が続く。一方に現れた騎馬の先頭には、朱の国旗が翻《ひるがえ》っていた。それを手にする兵《つわもの》は大柄で、鋼の粒を縅す胸当は磨かれ、他の者たちと別格の輝きを放っている。

敬谷だ。

二筋に分かれ、騎馬に導かれた軍が丘を駆け下り、奥瀬柵南門へ向かってくる。軍士を二筋に分けたのは、理由がある。一挙に多数の兵を送り込むためだ。奥瀬柵南側に寄せてきた軍士の数は、二千を超えていた。

ただ、軍士はこれだけのはずがない。おそらくすぐに駆けつけられる場所に、数千が控えているだろう。

圧倒的な数だ。

南門二層からその数を見下ろす者たちの目に、恐れの色が浮かぶ。

櫓に立つ軍士たちが、弓に矢をつがえて構える。

大軍の先頭に、馬を操りながら、敬谷がのっそりと姿を現す。手には、節書を括《くく》りつけた国旗を掲げていた。

「有間！　透谷兄君を如何《いかが》した！」

美矢比を迎えに行くと言って軍を離れた透谷は、当然帰らない。敬谷がじりじりと待っていただろうそこに、有間は文を送った。

透谷はこちらに預かった。返して欲しくば即座に軍を退《ひ》き、国嗣は有間だと国主に宣布させよと。

従うはずはないとわかっていながら、そう要求した。

案の定、敬谷は腹を立て力尽くで透谷を取り返すべく軍を進めた。

「勝ち目がないことは、そちらもわかっているのだろう、有間。透谷兄君を解放し、門を開き、降伏せよ。さすればおまえの首一つで、すませてやろう」

大声で敬谷が怒鳴った。

奥瀬柵が籠城の構えなのは、見ただけでわかる。大軍を迎えるのに籠城するのは、まともに戦って勝ち目のないときだ。瞬《またた》く間に撃破されそうな場合、防御の堅い砦に立て籠《こ》もり、しのぐ。

籠城は、強力な援軍があると保証があってこその策だ。それがなければ——おおかたの場合、籠城する方に勝ち目はない。

「透谷を解放か。よし、してやろう」

有間は、提げていたものを高々と持ちあげた。

「透谷を放してやろう、今」

日の光のもと、ぶらぶらと掲げられた首に、寄せた軍士たちがざわめいた。

敬谷が目を見開き、悲鳴のような声で叫ぶ。

「透谷兄君！　ああっ、ああっ！　兄君！」

わざと、有間は顔をしかめた。

「うるさい、敬谷。うるさいから、そちらに放すのはやめた」

言うなり振りかぶって、透谷の首を奥瀬柵の内側へ向けて投げた。驚きと恐怖の声が周囲であがり、敬谷は鞍《くら》の上で腰を浮かし、声にならない声で叫ぶ。そして恐慌《きょうこう》をきたしたかのように、周囲に怒鳴り散らした。

「かかれ、かかれ！　奥瀬柵をこじ開け、有間を召し捕れ。奴《やつ》の首をとれ。透谷兄君の首を取り戻せ」

ぎょろりとした目を飛び出さんばかりに見開き、ぎらぎらと光らせた敬谷の眦《まなじり》からは、次々涙が流れている。

「白邪！　許さぬぞ」

声を出して有間は笑った。

「穴から戻った時から、おまえたちは、わたしを許す気はなかろう！」

身を翻した有間は、周囲に命じた。

「手はず通り急げ」

奥瀬柵は籠城の構えと、敬谷は斥候から事前に知らされていたのだろう。門を打ち破ろうと、大槌《おおづち》が幾つも、軍士の手によって南門の正面へと運ばれてきた。

「破れ」の声に応じ、左右の門扉《もんぴ》に大槌が、次々叩きつけられる。

奥瀬柵の軍士たちは櫓から矢を放ち、それを阻止しようと試みる。

地上からも櫓に向け矢が放たれた。そのため柵の射手たちは、南門を破ろうとする敵軍に矢が届く位置に立てない。

矢が届かなければ、話にならない。

柵の軍士たちは別の場所を求め、一斉に櫓を下りていく。

南門二層から幾人かが槍を投げようと身を乗り出すが、そこに矢を射られ、慌《あわ》てて体を引っ込める。

木が裂ける嫌な音が響いた。

杉の分厚い門扉の一部が縦に裂け、そこをとっかかりにして、さらに大槌が打ち下ろされ裂け目が広げられていく。

軍士の数人が、裂けた門扉の隙間に身を押し込むと、扉を固定する内側の閂《かんぬき》を声を合わせて持ち上げた。

閂が、持ち上がる。ずれた。

どっと、地面に閂が落ちる。

重い扉を数人がかりで押し、両扉ともが動く。

「開いた！」

歓声が沸いた。

「攻め込め！　皆殺しにせよ！」

敬谷が吠《ほ》える。

□□□

なだれ込んだ軍士たちが蹴《け》立《た》てた砂埃《すなぼこり》で、あたりは薄く白くけぶる。騎乗して門の内に入った敬谷は、天幕が並ぶ正殿《せいでん》前庭で、瞬きもせずに辺りを見回す。

「透谷兄君。兄君は」

自軍の軍士が声を荒らげ、次々奥へ駆けていく。その足に蹴られる首を見つけ、敬谷は雄《お》叫《たけ》びをあげた。軍士たちは興奮し、自分たちが蹴ったものが何であるのか、気づいていない。馬を飛び降り太刀を抜き、転がった首に駆け寄ろうとしたが、それより先に、走る軍士の一人が首を蹴って遠ざけた。

「なんたることをする！」

首を蹴った軍士の背を、太刀で斬りつけた。悲鳴をあげて倒れた軍士を飛び越え、敬谷はその場に膝《ひざ》をつき、泥にまみれた首を抱きかかえる。

「透谷兄君」

無残だった。乱暴に投げ捨てられた衝撃のため、顔貌《かおかたち》が崩れている。

「おのれ、白邪！　白邪！　許さぬぞ」

首を抱えて立ちあがった敬谷に、配下の兵が駆け寄った。

「敬谷様。様子がおかしゅうございます」

「有間を探せ！」

「お聞きください。敵がおりません。そしてご覧ください、天幕を！」

配下が指さす先では、軍士たちが天幕に槍を突き入れている。天幕の布は簡単に翻り、倒れ、中に積まれた麦わらが現れた。そここの天幕を軍士たちが突き倒すが、全《すべ》て麦わらを詰め込んだ天幕だ。

「ご命令ください、引かねば惨事に」

配下の金切り声に被さるように、軍士たちの悲鳴があがった。見れば天幕の中にあった麦わらが、次々に火を噴いている。続いて正殿、東西脇殿《わきどの》、南門の足もとにある側溝。さらには南門の二層からも、火の手があがっていた。発火するや、火は瞬く間に背丈を超す大きさまでふくれた。

「なんだ、これは」

敬谷が呆然《ぼうぜん》とするなか、軍士たちは恐慌をきたして南門から外へ出ようと駆け戻って来る。おそらく後殿や北殿の方でも、火の手があがっている。築地塀に囲われた奥瀬柵の内側が急速に熱せられ、風が巻き、その熱風でさらに火の手が大きくなった。

南門に殺到し、我先に外に出ようとする軍士たちの行く手を、炎が塞《ふさ》いでいた。

「柵を……自ら焼く気か……」

「敬谷様！　外へ」

正気づいた敬谷は叫んだ。

「御旗《みはた》。節書の御旗は！」

「こちらに」

旗竿《はたざお》を握って駆けつけた兵に「絶対にそれを手放すな」と命じ、透谷の首を抱えて南門へ駆けた。炎に怯《おび》える軍士たちを突き倒すと、倒れ込んだ彼らの体が炎をおさえたので、体を踏んで門の外へと飛び出す。

頭上から降ってきた火の粉を腕をかざして避《よ》け、首はしっかりと腹に抱えて護《まも》った。まろび出て土に膝をつくと、ようやくまともに息ができる。火にあぶられて熱せられた兜《かぶと》と胸当と手甲、脛当が肌を焼く。耐えられず、彼は急いで戦具をはぎ取った。

地面を睨《にら》みながら呻《うめ》く敬谷に、旗竿をもってついてきた兵が、「敬谷様」と絶望的な悲鳴をあげた。切迫した気配に顔をあげ、敬谷は目を見開く。

前方も火の海だ。

青々と広がる双夏麦の畑、それらの畦《あぜ》が全て火を噴いている。熱風にあおられ、麦の青が右に左に無秩序に揺れ騒ぐ。

背後では奥瀬柵全体が、大きな炎となって火柱をあげていた。

目の前には行く手を遮る、縦横に走って燃えさかる炎。

「敬谷様！　どこかに、突っ切れる場所を探して窪地を抜けましょう。これ以上、炎が大きくなる前に、早く。川を越えて戻れば、三千の軍が控えております」

誰かが叫び、敬谷はその声に打たれ、首を抱えて再び立ちあがった。

「煙を見て、残してきた軍も異変に気づいているはずです。あちらから駆けつけてきます、必ず。大将たる敬谷様と御旗さえあれば、再び攻め込めます。敵は奥瀬柵を焼いたのですから、逃げ込める場所はない。報復できます」

先駆けした敬谷の後から、透谷が今朝引き連れてきた軍は五千だった。

二千の軍で奥瀬柵を襲ったが、それが壊滅した――しかし。三千の軍が残っているのだ。まだ対等に戦える。

非道きわまりない真似《まね》をした白邪を、討てるのだ。

□□□

その場にいる者は、無言だった。

奥瀬柵を北側から見下ろす丘の上に立った有間と壱岐、周囲を固める配下たちは、眼下の光景をただ見つめる。

奥瀬柵が大きな篝火《かがりび》のように燃え上がり、その周囲の双夏麦の畑の畦が全て火を噴き、それが青々とした双夏麦にも燃え移り、炎が窪地全体に広がっていた。

熱が熱を呼び風をつくり、強く吹きあげ、雪檜葉《ゆきひば》の枝葉が激しく鳴って頭上が騒がしかった。杙《くい》も骨喰《ほねはみ》も、気配がない。熱を恐れて逃げ散ったのだ。蝉《せみ》の声もない。

有間の策は籠城ではなく、火攻めだった。

籠城と見せかけ誘い込む。

双夏麦の麦わらは油を含み、よく燃える。それらを要所要所に隠し詰め込み、ほとんどの軍士たちは柵から出して丘に潜ませていた。

美矢比と与理売が中奥柵へと向かう朝には、夜陰に紛れて軍士たちは移動した後だったので、柵にほとんど人は残っていなかったのだ。

ごく少数、弓を持たせた軍士たちを櫓に配置し、敬谷と対峙《たいじ》した。

彼らが怒り、門を破壊しようとしはじめるのと同時、柵のあちこちに掘った穴に軍士たちは走った。穴には、熱して、ちりちりと音を立て続けている炭が隠されていた。それを火箸《ひばし》で持ち出し、麦わらの奥へ突き込む。炭を突き込まれた麦わらは内側でくすぶり、熱がこもれば一気に炎を噴き上げる。

火を噴くまでにどの程度の時間が必要か、奥三郡の民なら計算は容易だ。

有間と配下の兵、軍士たちはその作業をこなしつつ柵の北側、内郭北殿《きたどの》に走った。奥瀬柵には北側に一つ、出入り口がある。北殿奥の扉だ。

そこから全員外へ逃げ、扉を閉じた。

南門を打ち壊そうとしていた敬谷の軍は、内部の動きに気づけなかった。南の丘に軍団を残しておけば有間たちの動きは確認できただろうが、彼らは一斉に攻め寄せてきたがために、相手の動きを把握できなくなっていた。

南門以外の突破口を探そうと、目端の利《き》く軍士数人が柵の北側に回り込んで有間たちと鉢合わせたが、彼らをことごとく斬り伏せ、北側の丘へと駆けあがった。

そこで自分たちが護ってきた奥瀬柵が炎に包まれ、窪地の麦畑に火が広がって行くのを見た。材木がはぜ風がうなる音とともに、悲鳴が聞こえた。

木や草の焼ける臭《にお》いに、生き物が焼ける悪臭が混じる。二千の軍士の命が、薪《まき》のように炎の餌食《えじき》となり燃えていた。

（こんな真似をしておいて）

己を嘲《あざけ》る笑みが、有間の口元に浮かぶ。

（死して後、魂を龍に呑んでもらいたいなどと思うのは、あつかましい）

鬼になり永劫に苦しみ彷徨うのが、自分にはお似合いだろう。

「お知らせします！　敬谷を見つけました！」

うるさく騒ぐ雪檜葉の斜面を、東側から駆けあがってくる者があった。分散して、潜ませていた軍士の一人だ。彼らには、炎を逃れた敵の軍士を討ち取れと命じており、さらに敵大将の敬谷が現れたら知らせろとも言ってあった。

「大柄な若い兵と、それを護る兵数人が、南の川に向かっています。一人は、節書を掲げた国旗の旗竿を持っています」

「行くぞ」

短く命じ、有間は駆け出す。壱岐と配下の者は心得ているので、素早く従った。

雪檜葉の乾いた樹幹を右に左にうねる道を駆け、南へ向かう。

川音が近づき、走る右手、幹の向こうに川原石と流れがちらちら見え始めた。

遠く、馬の嘶《いなな》きがした。

目をすがめ、川の対岸の山肌を見やる。木々に隠れて姿は見えないが、控えていた敬谷の軍が、異変に気づいて動き出したのだろう。

控えの軍を、軍として働かせてはならなかった。

常であれば、軍団一つに将を一人つけてある。大将の敬谷の他にもう一人、将がいるはずだった。しかし五千の軍を、二千と三千にわけて戦ったのだ。大将が赴く緒戦であれば、確実に将は随行する。

背後の軍に、将は残されていないはず。

控えの三千の軍は、頭のない大きな獣。力があれど動けない。敬谷が合流しなければ、頭はないまま。しかし頭が戻れば獣は暴れ出す。

無傷の三千の軍に襲われれば、有間たちは逃げ散るしかない。そもそも山に散って潜んでいるので、統一して動くのは至難の業。

「いました」

誰かが潜めた声で鋭く言う。有間の目も、よろけながら雪檜葉の森から河原に出てきた五人の兵の姿をとらえていた。

一人が、焼け焦《こ》げだらけの国旗がぶら下がった旗竿を持っている。そして、彼らに護られるようにして歩く大柄な若者。煤《すす》で汚れた頭を重そうにもたげて歩き、必死の形相で川を睨んでいる。胸には首を抱えている。

ぎりぎりまで森の斜面を走り、敬谷らに一番近いところまで来ると、有間と壱岐を含めた十人が河原に躍り出て、抜刀して敵を取り囲む。

有間を認め、さらに倍の人数で囲まれたのを悟った敬谷が、叫んだ。

「獣めが」

その通りだと、有間は平坦《へいたん》な気持ちで兄の首を抱く敬谷を見た。

首を探して拾い、ここまで抱えてきた兄への思慕がそこにあった。敬谷にとって、透谷は良き兄だったのだろう。

地道な努力もするし、知恵者でもあった透谷を、有間は好きでも嫌いでもなかった。国主になっても、彼ならばおそらく屋人《やひと》ほどの暴虐《ぼうぎやく》はしないだろう。そこまで悪党でもない。

血の繋《つな》がったその弟の首を取り、あまつさえ投げ捨てた。

（確かに獣の所行だ）

皮肉ではなく悪いことをしたとは思ったが、特に心は痛まない。悪かったが、そうするしかなかった。透谷は有間の死を望んだのだから、応じるしかない。

無言無表情の有間を睨《ね》めつけ、片腕に兄の首を抱き、敬谷が太刀を抜く。怨念《おんねん》が漂ってくる。

（透谷にも、信頼できる弟がいた）

しかし信頼に足らぬ女を欲しがったために、首だけになったのが皮肉だ。

雄叫びをあげて、敬谷が斬りかかってきた。軽く身をかわすと、敬谷が蹈鞴《たたら》を踏む。

彼が体勢を立て直す前に、左背後から心の臓を貫いた。

首を抱え込んだまま、敬谷がどっと倒れる。

透谷の首を斬ったせいで、有間の太刀は刃こぼれしていたが、それでもがら空きの背を貫くのは容易だった。

敬谷とともに抵抗しようと太刀を抜いていた彼の配下たちは、一瞬動きを止める。

「……敬谷様」

と絶望的な声を出す一人を、有間の配下が容赦なく斬りつけた。それに続いてあっという間に、全員が倒された。一方的だったが、見逃してはやれなかった。

敬谷に従っていたとなれば、この中に将がいるかもしれないのだ。それを敵の軍に帰してしまえば、奥三郡の軍士たちが虐殺される。

背中を丸めて、絶命してうずくまる敬谷を見下ろす。透谷の首は抱えたままだ。敬谷は覚悟し向かってきた。倍の敵に囲まれて、もはやこれまでと悟ったのだ。もし本気でこの場を突破しようと考えているならば、邪魔な兄の首を放り出し、両手で太刀を構えて力の限り戦おうとするだろう。

「悪あがきをすれば、勝ち目はあったかもしれないのに。敬谷兄君」

有間の隣に並んだ壱岐が、ぽつりとこぼす。

倍の敵を斬り伏せ、瀕死《ひんし》になっても自軍に戻れば、そこには三千の軍がいた。しかし火にあぶられて二千の軍を失い、兄の首を抱いて倍の敵に囲まれた敬谷の心は、弱ってしまったのだろう。

敬谷の首を落とせと配下に命じると、有間は河原に放り出された旗竿の元に向かう。

煤で汚れ、所々が焼け焦げた国旗。その旗を踏みつけ、括りつけられている節書も地面にすりつけるように踏みにじった。

「有間兄君」

壱岐が駆け寄ってきた。

「何をしているんですか。それは不津王からもたらされた節書と」

「節書？　莫迦莫迦《ばかばか》しい。龍ノ原に今ある皇尊《すめらみこと》が、過誤の皇尊だという妄言《もうげん》が書かれた、紙切れだ。こんな妄言を旗に括りつけて許されるなら、わたしも皇尊の書札《しょさつ》を奥三郡の旗に掲げて、父国主に見せつける。これこそ本物の皇尊の書札、節書であるとな」

龍ノ原で手に入れた皇尊の書札を、有間は利用できるものと思っているが、ありがたいものだとは思っていない。龍を呼んだ皇尊は美しく神々《こうごう》しく、あの出来事はまさに神の意思を目《ま》の当《あ》たりにしたのかもしれなかったが――その中心にいた彼女は、ただの人だ。情けないと、愚痴をこぼすような文を送ってくる。

しかし多くの者はありがたがる。龍ノ原の、地大神《ちのおおかみ》の、龍の――と、その言葉を畏《おそ》れるのが、透谷のおかげでよくわかった。

ならば利用できる最大限に、利用する。

配下をふり返り、声を張った。

「透谷と敬谷の首を、対岸の軍団に送りつけろ。その首二つを持って大蓋《おおがい》へ帰り、国主屋人に伝えろと言え。有間が大蓋へ、軍を従え行くぞと。命が惜しくば、透谷敬谷をしてわたしの首を取ろうとしたこと、詫《わ》びよと。皇尊に書札を与えられたわたしに、許しを請《こ》えと。さすれば、楽に殺してやろうとな」

奥歯を嚙《か》みしめる。不意に悔しさが込みあげたのだ。それを言葉や声に出さないために、喉《のど》の奥でこらえた。こらえながら、声のかわりとばかりに旗を踏みにじる。

（これが、わたしの生なのか。こんなことが！）

豊かにしたいと願いながら、十一年も住み続けた奥瀬柵に火をかけ己の手で燃やした。何年も実りがなく諦《あきら》めかける民を励ましながら、ようやく緑に変えた双夏麦の畑も、燃やした。

大切にしてきた柵と、戦にかり出されただけの、有間にとっては憎くもない者たちが焼ける臭いが混じり合い、丘を越えて漂ってくる。二千の軍士を焼き殺したのだ。

さらには足もとに、己の手で殺した弟たちの首。

（望みを捨て、殺されてやれば良かったのか。それとも父国主に媚びて、命はとらないでくれと懇願していれば良かったのか）

しかしそれは、有間の体を蝕《むしば》む怨念が許さなかった。だから簡単に死ぬことも、媚びることもできなかった。戦うしかなかった。

母とともに穴に落としたのみならず、そこから助けあげた後、このようなことを有間にさせる者。

（父国主――伴屋人）

簡単に殺しはしない。

有間が近づくと知らせて大いに怯えさせ、生きて捕らえ、這《は》いつくばらせて許しを請わせる。惨《みじ》めに泣き、呻き、悔しがる老人に、さらに苦痛を与える。

屋人の感情が干涸《ひか》らび、心が砕けるまで、苦しめるのだ。

穴の底で朽ちていった死者の苦痛と、怨念と、憎悪《ぞうお》。今、己の手で屠《ほふ》った弟たちや軍士たちの無念や怒り。それら全ての死者は鬼になるだろう。

そして有間に取り憑く。

十、百、千、万。さらに多く。

あまたの数を、古《いにしえ》では百と喩《たと》える。

百の鬼が有間に取り憑き、残酷に国主を追い詰め、考え得る限りの苦痛を与えよと叫び、命じる。

百鬼《ひやつき》が、有間に号令する。

「皇尊が次期国主と許したわたしに軍を差し向けた科人、伴屋人を討つ」

高らかに告げた。

「吾《われ》らこそが持節の軍だ」

壱岐が頷《うなず》き、配下の者たちの顔は緊張に強《こわ》ばった。

国主を討つ——それは叛逆《はんぎやく》か、正しき征討かと、有間の配下すら咄嗟《とつさ》に怯《ひる》む。

しかし大蓋へは容易に進軍できるはずだ。

持節の軍と称して通れば、民は畏れる。

透谷と敬谷の残した軍と、屋人の軍は残っているが、ものの役には立つまい。有能な配下は幾らか残っているだろうが、それに命令を下す者がいなければ動けない。

将となれる器であった、透谷と敬谷は死んだ。

二人以外に将となれる者は、御三家と呼ばれる兵たちがいたが、御前衆《おんまえのしゅう》が有間を推している現状で容易には動くまい。

唯一《ゆいいつ》動ける将は、国主。伴屋人、その人のみ。

しかし病身の国主が、自ら打って出られるだろうか。

さらに透谷と敬谷の兄弟の死が方々に伝われば、国主側の不利を悟り、有間の側に寝返る者が一気に増えるだろう。

望みは間近。

そうに違いないのだが。

ふっと、声が聞こえた。

百鬼に取り憑かれたおまえに、ふさわしい場所はどこだと。それは国主の座などではなく、あの穴の底ではないのか。科人はおまえだ。

穴の底の主になれ、それがふさわしい――。

拳《こぶし》を握り全身に力を込めて自分の中に響く声を散らすと、力強く草原に立ち、龍を呼んだ皇尊の姿が、ふいに脳裏によみがえった。

あのとき、あの人も、決意とともに大きな恐れと不安に苛《さいな》まれていたはずだ。

見たこともない神威そのもののような光景の中心にいたが、あれはただの人だったのだから。

にもかかわらず――、そのただ人であるはずの皇尊に、なぜか縋るように思う。

吾を護らせたまえと。

数日後。

焼け落ちた奥瀬柵を後にして、有間は進軍を開始した。

父国主を討つために。

【参考文献】

『戦争の日本史3　蝦夷と東北戦争』／鈴木拓也著／吉川弘文館
『天平の律令官人とくらし』／出川広著／桜山社
『日本服飾史　女性編　風俗博物館所蔵』／井筒雅風著／光村推古書院
『日本服飾史　男性編　風俗博物館所蔵』／井筒雅風著／光村推古書院
『図解日本の装束』／池上良太著、新紀元社編集部編／新紀元社
『日本の服装　上』／歴世服装美術研究会編／吉川弘文館
『ビギナーズ・クラシックス　日本の古典　万葉集』／角川書店編／角川ソフィア文庫
『図説日本文化の歴史3　奈良』／黛弘道著／小学館
『古代史復元9　古代の都と村』／金子裕之著／講談社
『全集　日本の歴史3　飛鳥・奈良時代　律令国家と万葉びと』／鐘江宏之著／小学館
『古代の女性官僚　女官の出世・結婚・引退』／伊集院葉子著／吉川弘文館
『飛鳥むかしむかし　国づくり編』／奈良文化財研究所編、早川和子絵／朝日新聞出版
※奈良県立万葉文化館の展示および、同館が毎月発行されている「よろずは」も参考にしています。

本書は新潮文庫のために書き下ろされた。

イラスト　千景
デザイン　川谷康久（川谷デザイン）

龍ノ国幻想3

百《ひゃっ》鬼《き》の号《ごう》令《れい》

新潮文庫　み－60－13

令和四年九月一日発行

著者　三《み》川《かわ》みり
発行者　佐藤隆信
発行所　株式会社新潮社
郵便番号　一六二―八七一一
東京都新宿区矢来町七一
電話　編集部(〇三)三二六六―五四四〇
　　　読者係(〇三)三二六六―五一一一
https://www.shinchosha.co.jp

価格はカバーに表示してあります。

乱丁・落丁本は、ご面倒ですが小社読者係宛ご送付ください。送料小社負担にてお取替えいたします。

印刷・錦明印刷株式会社　製本・錦明印刷株式会社

ISBN978-4-10-180248-0 C0193